二見文庫

ふるえる砂漠の夜に

アイリス・ジョハンセン／坂本あおい＝訳

A Summer Smile
by
Iris Johansen

読者のみなさまへ

　みなさんの多くがご存知のとおり、わたしの作家としてのキャリアはロマンスが出発点でしたが、むかしから恋愛の物語に手に汗にぎる事件を織りまぜて書くことが好きでした。『ふるえる砂漠の夜に（原題：*A Summer Smile*）』を書きはじめたとき、最初に頭にあったのはこのタイトルと、ロマンスでありアドベンチャーでもある小説にする、という漠然としたアイディアだけでした。そんなふうにして書きはじめることも、ときどきあるのです。けれど、時間をかけて練っているうちに、しだいにこのタイトル――夏の微笑《ほほえ》み――は、ヒロイン、ジラの性格をあらわしているのだと思うようになりました。ジラは悪夢のような経験を乗り越えてきた女性で、彼女には春という季節は存在しませんでした。それでも芯の強さや、自分を信じる気持ち、新しい未来を切り拓《ひら》く力が、ジラに自信を与え、人生の夏をもたらすのです。

　わたしたちは、だれもがつらい時期を経験し、夏の癒《いや》しを求めるものです。どうぞ、ジラのこと、それからジラとダニエルの冒険を、みなさんも応援してください。わたしはジラを甘やかすことはしませんでしたが、きっと、彼女もそれを期待したりはしなかったでしょう。ジラはうちに秘めた強さでひたすら前進し、そして、わたしたちにも彼女の夏の微笑みをわけてくれるかもしれません。

アイリス・ジョハンセン

ふるえる砂漠の夜に

登　場　人　物　紹　介

ジラ・ダバラ	セディカーン人のハーフの娘。大学生
ダニエル・シーファート	セディカーンの保安部の元メンバー
クランシー・ドナヒュー	セディカーン保安部の責任者
ヤスミン	ジラの母
デイヴィッド・ブラッドフォード	セディカーンの有力者
アレックス・ベン=ラーシド	セディカーンの元首
フィリップ・エル=カバル	セディカーンのシーク。ダニエルの友人
カール・メトヒェン	エル=カバルのお抱え医師
パンドラ・メトヒェン	カール・メトヒェンの娘
アリ・ハサン	テロリストのリーダー
ハキーム	ハサンの部下

1

写真にうつる若い娘は、カメラに笑いかけていた。夏を連想させる微笑み。あたたかで知恵をたくわえていそうだが、まだこの先に、豊かで美しい季節がめぐってくることを予感させる。

ジーンズに格子《こうし》柄の綿のウェスタンシャツという姿で、美しいパロミノ馬の背にまたがっている。緑の瞳はもっと大人の女性にみられるような落ち着きとまじめさを宿しているが、唇がわずかにひらいていて、表情があたたかく生き生きと輝いている。ダニエルはその顔を見て、知らぬ間に写真の上で手をにぎりしめていた。「とてもかわいい娘だ」何気ない口調をよそおって言った。「名前はなんといったか?」

「ジラ・ダバラだ」クランシー・ドナヒューは椅子にもたれ、アイスブルーの目を細めて、机のうしろのエグゼクティブチェアにすわる相手を見た。「母親とは、おまえも二年前に会っているぞ。わたしが連れていったカリムのパーティだよ。カリムの家屋敷を取り仕切っている女性だ」

「ああ、憶えている」ダニエルは低い声で応じたが、視線はなおも写真の上をさまよっていた。

クランシーには、相手がそう言うだろうとわかっていた。ダニエル・シーファートは十年以内のことなら、自分がかかわった人物や出来事を完璧に記憶していると賭けてもいい。そうした能力があればこそ、クランシーの右腕としてセディカーンの保安部の任についていた二年とすこしのあいだ、非常に得がたい存在として重宝したのだ。それらの資質に加え、剃《かみ》刀《そり》のように研《と》ぎ澄まされた、敵を生かしてはおかない執念のおかげで、クランシーの巨大な武器庫に収められたどんなものよりも強力な武器となり得た。「ヤスミンはとても繊細な女性で、ジラのことをひどく心配している」

「母親とは似ていないな」ダニエルが記憶するところ、たしか四十代後半の感じのいい女性で、オリーブ色の肌に黒髪と黒い瞳をしていた。写真の娘のほうは、もっと淡い金色のような肌色をしている。こぼれそうな大きな目は両端がわずかにあがり、瞳は澄んだ美しい緑色をしていた。髪は黒ではなく明るい褐色。ところどころに日焼けした金色の筋がはいり、つややかなカーテンのようにまっすぐに背中に垂れている。

「母親のほうは純粋なセディカーン人だ」クランシーが言った。「ジラにはセディカーンの血は半分しか流れていない。ただし、デイヴィッド・ブラッドフォードを通じて、セディカーンの有力者たちと親交がある」

「ブラッドフォードだと?」ダニエルは即座に写真から目をはなして視線をあげた。「あいつがこの件とどう絡《から》んでくるんだ」

「ジラとデイヴィッドは古くからの付きあいだ」クランシーはひと呼吸おいてつづけた。「言うなれば、デイヴィッドは彼女の後ろ盾のような存在だ」

「ほんとうかい」ダニエルの口の端に皮肉めいた笑いがうかんだ。「赤茶の髪の妻に首ったけだと聞いていたがね」写真の人物を値踏みするようにながめた。「だが、このジラくらいかわいければ、男ならこぞって後ろ盾につきたがるだろうよ。ブラッドフォードの相手にしては、すこしばかり若すぎるようにも見えるが」

「ジラは二十一歳だ。それに誤解だ、彼女は――」クランシーは言いよどんだ。「ジラとデイヴィッドの関係をむやみに話す立場にない」

ダニエルは肩をすくめた。「男のプライベートをのぞく気はないさ。百人の女を囲っていたとしても、おれにはどうでもいいことだ」写真を前の机にほうって、意識的に目をそらした。この写真の人物が、なぜこれほど気になってしかたがないのか? われながら解《げ》せなかった。かわいい女にはちがいないが、昨日、ベッドをともにした側女《カディム》のほうがよっぽど美人ではないか。それなのに、どういうことだ。ブラッドフォードとの関係をクランシーに明かされて、独占欲に駆《か》られて腹立ちさえおぼえるとは。

ダニエルは椅子にもたれ、ひざを持ちあげて片脚を机にのせた。「このジラをテロリストが手に入れれば、ブラッドフォードとの太いつながりが、やつらの強力な武器となりうるというわけだな」デイヴィッド・ブラッドフォードとじかに会ったことは一度もないが、セデイカーンの元首を務める首長《シーク》、アレックス・ベン＝ラーシドと夫人のサブリナの両方から、非常に大事にされていると聞いている。さらに、先代のカリム・ベン＝ラーシドからも深い寵愛《ちょうあい》を受けていた。「なるほど。ブラッドフォードが愛人《シェラミ》のために自らのりだすとなれば、当然、国のトップにいたるまでが動かないではいられなくなる」

クランシーは苦い顔でうなずいた。「ああ、まさにそのとおりだ。今回のハイジャックを知れば、デイヴィッドは、母ヤスミンと同じくらいパニックになるだろう。だからこそ、シークはデイヴィッドの耳にはいる前に、片付けてしまいたいわけだ」

ダニエルが眉をあげた。「まだ知らないということか?」

「いまは妻のビリーといっしょにニューヨークにいる。彼女が書いた新譜の契約がらみで渡米したんだ」

「当然、シークのアレックスにしてみれば、この七面倒なハイジャックのせいで、旧知の友に自分の楽園を荒らされるのは願い下げなわけだ」

クランシーは眉をひそめた。「この件でデイヴィッドに不幸な思いをさせたくないと考えている、とだけ言っておこう。ところで、どうしてデイヴィッドとジラの関係にそんなにこだわるんだ？　おまえは信心深いピューリタンというわけでもないだろう」

「こだわっているつもりはない。そうではなくて、ただ――」ダニエルは先を言うのをやめた。こだわっているのはたしかだ。ブラッドフォードが写真の主と寝ていると思うだけで無性に腹が立つが、自分でもその理由がわからないのだから、他人に説明できるはずもない。

「あんたの言うとおりだ。おれにとやかく言う権利はない」ダニエルはひざの前で両手を打ち鳴らした。「さあ、詳細を聞かせてもらおうか。いまのところ聞いたのは、四人のテロリストが〈セディカーン石油〉の飛行機をのっとって、ジラ・ダバラとパイロットを人質にした。そして、セディカーンの牢獄にいる仲間二人を釈放しろとアレックス・ベン＝ラーシド首長に迫っている、それだけだ。わざわざここを訪ねてきたからには、要するにおれの手を借りたいということだろうよ。いったい、どんなシナリオだ？」口もとにかすかな笑みがうかんだ。「正直言って、なぜおれがいまさら話に興味を示すと思っているのか、関心があってね。正式に職を辞してかれこれ二年だ」

クランシーは苦い顔をした。「いつもながら、アレックスは金に関して鷹揚《おうよう》すぎたのだ。

わたしの右腕を、仕事をしないですむほど金持ちにしてどうする。どうやって、効率的な保安体制を維持しろというんだ」

「シークに進言して、おれにあの油田をやろうとするのを阻止すればよかったんだよ」ダニエルはにやりとして言った。「アレックスは、あんたの意見にはたいてい聞く耳を持つ」

「おまえがサブリナと王子を、とち狂った男の銃口《じゅうこう》から守ったあとでもか？」クランシーは渋い顔でたずねた。「〈セディカーン石油〉の重役の椅子をおまけにつけなかったのが、不思議なくらいだ」

「やると言われたが、それよりも会社が利益を生むほうを望むとこたえた」ダニエルの目が愉快そうにまたたいた。「おれはビジネスマンじゃない」

「ああ、そのとおりだ。才能があるのはべつの方面だろう」クランシーは同意した。「経験にしてもそうだ。それを買っているからこそ、今日、こうしてここを訪ねたんだ。できるものなら自力で解決したかったが、いささか微妙な状況に陥っていてね」

「微妙というのは？」

「問題が複雑だということだ」クランシーの口もとが引きしまった。「概要は、こうだ」籐《とう》椅子の上で前のめりになると、機関銃のような勢いでしゃべりだした。「テロリストを率いるのはアリ・ハサンという男で、マラセフに投獄されているうちのひとりが、これの兄弟にあたる。犯行グループは今回の機会を長年狙っていたものと思われる。デイヴィッドとジラの線を利用したということは、入念な下調べをおこなったということだ。ジラはだいぶ前からアメリカにわたっていて、現在はテキサスA&M大学に通っている」一瞬、クランシーの顔に冷ややかながら感心したような表情がよぎった。「連中はどうやらばかではないらしい。じつに慎重にターゲットを選んでいる。アレックスとその家族や周辺の警護は鉄壁《てっぺき》といっていい。一方でジラは、アレックスを取り巻く人間関係のなかでももっとも遠い位置にいるが、それでいて最重要人物らと密接な間柄にある。犯行グループは機会をうかがっていて、ジラがセディカーンに帰るのに、カリムが会社のプライベートジェットを差しむけたこのタイミングにとびついた。事前に副操縦士を一味の人間とすりかえ、ヒューストンを飛びたって上空に出るのを待って、行動を開始した。それが昨日のことだ。機体はマドローナ砂漠に着陸して、そこで仲間の三人と合流した」

「マドローナ砂漠だと?」ダニエルは目をすがめた。「砂漠のこっちの端は、ここからたった数キロの距離じゃないか。連中はセディカーンの領土内に着陸したのか?」

「言っただろう、彼らはばかではないと。着陸したのは、国境線の先のサイドアババだ。サイドアババ政府がアレックスの政権と折り合いが悪いのを知っていて、自分たちの存在は都合よく無視されるだろうと踏んだのだ」いったん間をおいた。「それでだ、連中のいる地点からもっとも近いセディカーン領がこの土地で、ここはおまえの良き友人、フィリップ・エル＝カバルの権力下にある。全体像が見えてきたか？」

「ああ、わかってきたよ」ダニエルは言った。「フィリップは数いるセディカーンのシークのなかでも、もっとも強大な勢力をほこっている。フィリップの許可なくしては、アレックスといえども、この土地に足を踏み入れることはない。フィリップはアレックスにおとらぬ強腰のシークだから、許可が出るまで、おそらく数日は待たされる」手をひざからおろして、椅子の上でゆっくりと背中を伸ばした。「なるほど、テロリストたちはたしかによく知恵がまわるらしい」

「だが、こっちには切り札がある」クランシーの視線が意味ありげにダニエルの左手の指輪にそそがれた。大輪のバラを一本の剣が貫く、エキゾチックで美しい金の指輪。「おまえは何年か前にエル＝カバルの命を救った。そして仕事を引退してからは、フィリップ・エル＝カバルの居住地から目と鼻の先にあるこの家に住んでいる。いまでは、すっかり親しい友達どうしだ」唇にうっすらと笑みがうかんだ。「おい、新聞で見たぞ。ジェット機でいっしょにパリやらモンテカルロを飛びまわっている写真を。おまえの経歴を考えると、たいそうな転身じゃないか、ダニエル。新しい裕福な暮らしを楽しんでいるか？」

「まあまあだ。楽しいときもある」ダニエルの目が鋭くなった。「おれにフィリップとのあいだを取り持ってほしいということか？」

「そうじゃない」クランシーは穏やかに言った。「ひとりでサイドアバパにのりこんで、彼女を救出してほしい。そのうえで、ハサンとその一味がおまえをセディカーン内まで追ってくるように仕向ける」

一瞬、ダニエルは驚きと不信の目をみはった。それから声をあげて笑いだした。「おいおい。おれの力を買いかぶりすぎじゃないか。おれをだれだと思ってるんだ？　スーパーマンか？」

「おまえは第一級のエージェントだ。この程度の離れ業《わざ》はみごとに成功させてきただろう」クランシーは冷静な態度で頭をかたむけた。「だれかにできるとすれば、当然、おまえにもできる。そして、われわれの持つ選択肢は多くはない。エル＝カバルが自分の支配地の境界を侵されても寛容でいられる相手は、おまえしかいないんだよ」クランシーの声が厳しくなった。「アレックスがくだんの囚人を釈放する可能性はゼロだ。あのテロリスト集団には、スクールバスに爆弾をしかけて、数名の子どもたちに重傷を負わせた前科がある。アレックスは一味の身柄を確保したいと考えている。だがもし、エル＝カバルがテロリストの存在や、領内でおこなわれていることを知れば、連中がマラセフまでたどりつくことはないだろう」

「四人まとめて一気に始末しろというんじゃなくて、ほっとしたよ」ダニエルは嫌味をこめて言った。「人質の女を救い、砂漠を八十キロ移動して、さらに丘陵地帯を越えて八キロほどいく。幸運にも国境につくことができたら、われわれの追っ手をフィリップ・エル＝カバルが切り刻むのを食い止め、銀の皿に盛っておれ自身の手でアレックスに差しだす。お安いことだ」

「自信満々な男は、いつ見ても気持ちがいい」クランシーは愛想のいい笑顔で言った。「引き受けてもらったと考えていいんだな？」

「なぜ、ひとりで実行する必要があるんだ？」

「テロリスト側には、ジラが生きて無事でいることが確認されないかぎり交渉に応じるつもりはない、と伝えてある。連中は、その確認の目的にかぎり、こっちの人間をひとりだけ機内に入れることに同意した。ただし、ひとりだけだ。それから誠意の証しとして、パイロットを解放してサイドアババのモスクに送りとどけることも承知している。引渡しは明日の午後二時の予定だ。おそらく、やつらはふたりがかりでパイロットをモスクに護送するだろう。モスクの場所は、ハイジャック機からおよそ五十キロ」クランシーは間をおいた。「すなわち、そのあいだは、ジラの監視がふたりに減るということだ。行動を起こすなら、そのタイミングがベストだろう。犯人グループには、二時十五分におまえがジラの確認に出向くと伝えるつもりだ」クランシーは腰をあげた。「おもしろそうな道具を、ヘリに積んで持ってきてあるんだ。取りにいってくるよ」

ダニエルの口におかしそうな笑いがうかんだ。クランシーの秘密兵器なら、ダニエルにとってもすっかりおなじみだった。おそらくいまから取ってくる道具も、おもしろいだけでなく威力抜群《いりょくばつぐん》なはずだ。

「いつ出発できる？」クランシーがドアのところで足を止めた。「現場へいって、事前の偵察《ていさつ》をする時間がいるだろう」

「おれが説得されたと思っているのか？」ダニエルは悠長《ゆうちょう》に応じた。「そこまで狂っちゃいないよ、クランシー」

クランシーは黒髪の頭をふった。遅い午後の光が書斎に射しこんで、ふさふさとした髪のところどころが銀色に光った。いかつい顔にうかんだ微笑には、疲れとかすかな悲哀がにじんでいた。「われわれのような仕事をしている男は、どこかしらネジが狂っているんだよ。これまでの人生の大半を危険ととなりあわせで生きてきたおまえだ。穏やかで安穏《あんのん》としたいまの暮らしに退屈しきってないとは言わせないぞ。今度の件を引き受けさせるのに、説得は必要ない。わたしはただ話を持ちこむだけでいいんだよ」クランシーは背をむけた。「十分でもどってくる」

ダニエルは閉まったドアをしばらくぼんやりと見つめていた。やがて笑いだした。まったく、クランシーのようなやつは、ふたりといないだろう。クランシーから離れていたこの二年、物足りなさを感じていたのは否《いな》めない。ダニエルの視線は、贅沢《ぜいたく》なつくりの書斎を落ち着きなくさまよった。高価な東洋の絨毯《じゅうたん》に、部屋におとらずみごとな美術品の数々。いたって趣味がよく、洗練されていて、そして——。ダニエルは衝動をかろうじて抑えつつ、いきなり椅子を引いて立ちあがった。そして退屈だ。退屈きわまりなくて、もどかしい爆発しそうな気持ちを押し殺すのがやっとだった。クランシーはよくわかっている。ダニエルはプレイボーイになるべく生まれてきた人間ではないのだ。三カ月ほどのあいだは享楽《きょうらく》も悪くないと思ったが、しだいに楽しさは色あせ倦怠《けんたい》が頭をもたげた。自分がこの非常に困難なミッションにとびつくことに、クランシーが疑問を持たなかったのも無理はない。

ダニエルは写真の娘を見おろして、遠慮のない笑いを口にうかべた。指を伸ばして、娘の口にそっとふれる。夏の微笑み。自分を惹きつけるのは危険だけではなく、ブラッドフォードが庇護《ひご》しているかわいい娘とベッドをともにするチャンスだと己《おのれ》に認めたらどうだ? 胸に感じているのは欲望なのだ。それ以外、まともな説明はあり得ない。最初に写真を見たときに、失ったものを見つけたような気がしたが、それはただの勘ちがいだった。そう、この感情はまさしく欲望なのだ。

早くも今回のミッションが楽しみになってきてるじゃないか。そう思ってダニエルは苦笑した。クランシー・ドナヒューの言っていることは、おそらく正しいにちがいない。ネジが狂っているのだ。顔に笑いをうかべたままきびきびと部屋を横切り、書斎のドアをあけて、おもしろそうな〝道具〟を持ってきたクランシーをなかに招き入れた。

「聞かれたら、デリケートな花のようにあつかわれたと言えよ」アリ・ハサンがジラのとなりの座席に腰をおろした。細面の猫のような顔に、調子のいい自己満足な笑いをうかべている。「食事を与えられ、眠ることも許された。暴力も受けていないし、性的にもてあそばれてもいない、と。質問されたら、そうこたえるんだ。わかったな？」

「わかった」ジラはうんざりした顔で、クッションの効いたシートのヘッドレストに頭をつけた。下唇にそっと指でふれた。「でも、ここに残っている痕《あと》を見れば、信じてもらえないでしょうね」

「ハキームの銃を奪おうとするからだ」ハサンは肩をすくめた。「ばかな真似をしたもんだ。われわれは危害を加えるつもりはない。大事な預かりものだからな」

「シーク・ベン＝ラーシドが要求を吞むと考えるなんて、どうかしてるわ。シークはわたしに対してそんな義理はない」ふかふかのひじ掛けにおいた手に力がはいった。「結局、要求は拒否されるのよ」

ハサンの顔から笑みが消えた。「おまえの身のためにも、そこまで愚かなやつでないと願いたいものだ。そうなった時点で、待遇は百八十度変わる」ハサンはわざとなれなれしくジラのジーンズのひざに手をおいた。「ジラ・ダバラ、なかなかのいい女じゃないか。おれも、仲間も、おおいに楽しませてもらうとするよ」ジラの太ももの筋肉がこわばるのがハサンの手に伝わって、またしても黒い目が満足そうに光った。「八年前、おれがマラセフの大学に通っていたことは知っているか？」

殴られたように息がもれた。強い恐怖が喉もとまでせりあがってくる。ジラにはつぎになにを言われるかがわかった。相手の顔にあるほくそえむような陰険《いんけん》な表情に、それがありありとあらわれている。パニックに呑まれちゃだめ。絶対に負けるものか。わたしは強い。デイヴィッドのおかげで強くなれたのだ。「知るわけがないでしょう」ジラはふてぶてしくあごをあげた。「これまでの言動からは、そんな知性はかけらも見られなかった。大学に入れてもらえたなんて驚きね」

太ももの指にいきなり力がこもり、ジラは痛さに思わず声をもらした。「お高く出たもんだな」ハサンが鼻で笑った。「〈黄色い扉の館〉がそんなに簡単に記憶から消えるのか？」

「忘れたわ」ジラは冷静に言った。「そんなものは、わたしのなかにはもう存在しない」

「もしデイヴィッド・ブラッドフォードがおれたちの本気の度合いをベン＝ラーシドに伝え

そこなったら、そのときに、われわれが思いださせてやる。よく憶えておけ」ハサンは太もの手をゆるめて、席を立った。「そのダニエル・シーファートという男の前で怯《おび》えた涙でも流すがいい。ブラッドフォードに報告がいくようにな。泣くくらいなら、だれの害にもならない」ハサンはふり返って仲間に合図を送った。相手のほうは、機内前方のシートにゆったりと構え、まげたひじに無造作に機関銃をのせている。「シーファートはあと五分でここに来るはずだ。やつを外で迎えて、ボディチェックをおこなう。ベン＝ラーシドは男ひとりをわれわれに立ちむかわせるほど愚かではないと思うが、念のため、ハキームとおれで確認をする」

ハサンは重たい金属のドアをあけて、リアジェットのステップをおりていった。ジラの席からは、ハサンがふり返ってハキームになにか言うのが見え、すぐあとをいくハキームから笑い声があがった。ジラは座席にもたれて、目を閉じた。けだもの。あいつらはけだものだ。ハサンが言った言葉に心をかき乱されてなるものか。

機内はうだる暑さで、息をするのも苦しかった。汗が背中をつたい、半袖《そで》の白いシャツが第二の皮膚のようにぴったりと肌にはりついている。目をあけて、ぼんやりと窓の外の荒《こう》涼《りょう》とした砂の世界をながめた。見えるのは砂漠と空ばかりで、砂から熱気がゆらゆらと立ちのぼっている。

怖がってはだめ。この情けない恐怖心さえ捨て去ることができれば、ハサンやその一味から逃れる方法を必ず見つけられるはず。この二十四時間は悪夢のような恐ろしさだった。でも、このまま連中にまんまと利用されてるなんて、絶対にいや。デイヴィッドにはあまりに多くの恩がある。自分が武器としてデイヴィッドに突きつけられることを、けっして許すわけにはいかない。

バタバタというエンジン音が聞こえて、ジラははっと身を起こして窓に顔を寄せた。一台のジープが五十メートルほどの距離をおいた位置で止まり、運転していた男がひらりと地面におりたった。男はすばやく両手を頭の上にあげて、叫んだ。「ダニエル・シーファートだ」

そんな姿をさらしていれば不安や緊張が見えてもよさそうなのに、ドアをあけっぱなしにしたジープのわきで足をひろげて立っているその人物には、すこしも萎縮《いしゅく》したところがなかった。ものすごく身体が大きくて、身長は少なくとも百九十センチかそれ以上ありそうだ。カーキ色のパンツは、力強い太ももとふくらはぎの筋肉の形を外に伝えている。カーキ色のシャツからはたくましい腕がのぞき、みごとな二頭筋ではちきれそうだった。明るい赤茶色の髪が陽射しを受けて光り、短く整えた口ひげとあごひげも、頭の毛とおなじ燃えるような色をしていた。無骨で荒々しい雰囲気は、前に見たことのある、野蛮なバイキングの戦士の絵をどことなく彷彿《ほうふつ》とさせた。

ハサンとハキームもシーファートからにじみでる気迫を感じてか、相手に近づくにつれて見るからに警戒の色を濃くした。ふたりは、ジープのボンネットに身体をつけるよう相手に命じた。おこなわれたボディチェックは、ハサンが事前に予定していたような通り一遍のものではなかった。入念な身体検査がくり返されたが、爪切りよりも強力な武器になりそうなものは、なにも出てこなかった。それがすむと、三人はジェット機のほうへやってきた。赤毛の大男は二、三歩先を歩いていたが、ハキームがうしろから腰を狙って機関銃を構えていることは、まったく意に介していないようすだった。

「落ち着け」客室にはいってきたハサンがハキームを一喝した。「見ただろう。武器を持っている証拠はひとつもなかった。ベン＝ラーシドは今度ばかりは気が変わって、賢いやりかたに出たんだろうよ」ハサンは後方の座席にすわっているジラを指さした。「あそこだ、シーファート。見てのとおり、生きていて怪我《けが》もない」

「彼女と話がしたい」ダニエルは言った。「ふたりきりで」

「その必要はない」ハサンは断固として言った。「われわれが乱暴をしていないことは、聞けば証言する」

「だったら、証言してもらおう」ダニエルは言った。「ふたりきりでだ。取り引きに応じる前に、まずは彼女に一切の危害が加えられていないことを確認しろと命じられている。頭に銃を突きつけられていては、言いたいことが言えるとは思えない」

ハサンは一瞬ためらったが、肩をすくめて言った。「好きにするがいい。おれたちはドアのところにいる。奥にいって声を落とせば、話の中身はこっちには聞こえない。五分やる」

近づいてくるダニエル・シーファートは、狭い機内ではジープのとなりに立っていたときよりも一段と大きく見えた。むかいに腰をおろした彼は、さぐるようにジラの顔を見た。

「おれはダニエル・シーファートだ。乱暴はなかったか？」

「乱暴されたというほどじゃありません。大丈夫です」ジラは神経質に唇を舐《な》めた。「それよりシーク・ベン＝ラーシドには、テロリストの要求を呑まないようにと伝えてください。わたしのほうは自力でなんとかします」

「ほんとかよ」ダニエルはあざけるように言った。「状況からすると、そいつは一筋縄《ひとすじなわ》じゃいかないぜ」

「やるといったらやります。なんとかしてみせます。これまでにさんざん迷惑をかけてきたから。これ以上、みんなのお荷物にはなりたくないの」

ダニエルはしばらく無言でジラの顔をじっと見ていた。「本気なんだな」

「あたりまえでしょう。本気で思っていないことは口にしません」ジラはいらだちをにじませて言った。「じゃあ、デイヴィッドとシークには、わたしは無事で、自力でこの状況から脱するつもりだと伝えてください。いいですね?」

　ダニエルは首をふった。「そのことはあとで話しあおう」ジラ・ダバラは写真で見たよりも疲れのういた引きつった顔をしていたが、こっちを見つめる澄んだ緑の瞳はしっかりとしていて、恐怖に揺らいではいなかった。しかし、夏のような微笑みは、影すら見えない。唇はふるえないよう固く引き結ばれている。写真でしか見たことがない笑顔が恋しいとは、まったくどうかしてる。そのとき、ふっくらとした下唇に醜《みにく》い切り傷がついているのに気づいて、ダニエルの視線が鋭くなった。顔にはジラを驚かすほどの荒々しい形相《ぎょうそう》がうかんだ。

「だれに殴られた? 乱暴はされなかったと言っただろう」

　ジラの手が自然に唇の切り傷にふれた。「ハサンよ。ばかなことに、わたしがハキームの銃を奪おうとしたの。もう、あんなふうに思いつきで行動するようなことはしないわ」ジラはゆっくりと傷から手をどけた。「ほら、ほんのかすり傷でしょう。もう痛みもありません。それにどっちみち、大事《おおごと》にするほどのことじゃないわ」

「そんなはずがあるか」荒っぽい口調だった。ダニエルの指が持ちあがり、ジラの下唇をそっとぬぐった。

　ふいにジラは、はじめて経験する感触をおぼえた。痛みにちがいない。戸惑いながらそう思った。でもどこかがちがう。痛みというより、熱い快感の波に洗われたようだった。ダニエル・シーファートのネイビーブルーの瞳が、眼力《がんりき》で催眠《さいみん》術をかけるようにじっとこちらを見つめている。

「きわめて大事《おおごと》だ」ダニエルの声は豊かな低い声に変わっていた。彼は大きな身体をジラと前方の犯人とのあいだに割りこませた。「ハサンはおれが引き受けた。きっとこの先、楽しい展開になる」ささやくように声を落とした。「時間があまりない。準備しろ」

ジラは理解できずに眉をひそめた。「準備するって?」

「激しい痛みがおそう」ダニエルはジラの顔を見つめて早口で言った。「悪いが、これ以外の方法を思いつかなかった。当然ボディチェックがあるのはわかってたから、きみを守るための武器を持ちこむことは不可能だった。おれを信じるね?」

「いまからなにを――」

「おれを信じるんだ」ダニエルはたたみかけた。「身の安全は保障する。とにかく地獄の炎が消えるその日まで、おれにしっかりしがみついていろ。後悔はさせない」

ダニエルの心配そうな瞳がこっちを見ていた。優しさ、同情、それになんだかよくわからない感情が、獰猛《どうもう》なまでに精悍《せいかん》な顔の上でせめぎあっている。ジラは笑顔を見せた。「地獄の炎が消えるその日まで、しっかりしがみついています。約束するわ」相手もにっこりと笑った。戦士のようなごつごつとした勇敢な顔に、あたたかで優しい微笑がうかぶのを見るのは、なにか妙な感じだった。

「よし。約束を忘れるようなことがあれば、思いださせてやる。さあ、いっしょに切り抜けるぞ、ジラ」

ジラはうなずいた。「いっしょに――」爆音が飛行機を揺さぶり、言葉がとぎれた。「いまのはなに？」

飛行機をぐるりとかこむようにして、一秒と間をあけずにつぎつぎと爆発があがる。つづく行動は電光石火《せっか》のめまぐるしさで、ジラにはほとんど状況が見えなかった。

ダニエルが尻のポケットに手を入れて真っ白なハンカチを取りだした。「鼻と口をおおって、目をきつく閉じて我慢するんだ。息を止めて」

そう言うや、ダニエルは自分の耳を引きちぎった！

なんだ、作りものの耳なのね。手のひらの上で丸めるのを見てすぐに気づいた。

飛行機の外では、なおも爆発がつづいている。ハサンは怒号をあげ、ハキームが窓をのぞいて外から攻撃する敵の姿を見定めようとしている。

ダニエルが手のなかのものをハサンたちのあいだに投げつけると、混乱は激しいパニックに変わった。たちまち機内に赤い煙が充満する。

ジラはびっくりして口をあけた。ダニエルの怒りの目を見て、はっとわれに返った。「なにをしてる。顔をおおえ！」

前方のもうもうとした赤い煙のどこかから、ハキームの苦しそうな悲鳴があがる。ジラはあわててハンカチで口と鼻をおおった。

「いくぞ」ダニエルが立ちあがった。「おれのベルトにつかまれ。念のため両手をあけておきたい」

ふたたび悲鳴が聞こえた。ハサンだろうか？

目を閉じてドア付近の濃い煙のなかにとびこむ寸前に、ハサンの影がちらりと見えた。身体をふたつに折って両手で目をおおい、必死になって顔を押さえている。ライフルは足もとに転がっていた。

痛いっ！

顔が火であぶられたように痛い。出口付近の濃い煙のなかでは、ハンカチの布はほとんどなんの役にも立たなかった。あまりの強烈な痛みに、思わず足がすくんだ。ダニエルの毒づく声が聞こえ、そう思ったつぎの瞬間、ジラはダニエルの腕にかかえられてドアから押しだされ、ステップをおりて太陽の下に転げでていた。砂漠の熱気がどっと迫り、息が苦しくなる。ジープをめざして走っているのだとわかった。ふたたび飛行機のまわりで爆発がはじまり、足もとの地面が揺れて火柱や煙が立ちのぼった。荒涼とした砂漠が、つぎつぎと死の花を咲かせているようだった。

ジラは両手で腰をつかまれ、放り投げるようにジープに乗せられた。ダニエルが運転席にとびのってギアを入れる。とそのとき、目の前のフロントガラスに蜘蛛《くも》の巣のようなひびが走って、どまんなかに穴があいた。銃弾が貫通したのだ！　ふり返ると、ハサンが飛行機から数メートルのところにいて、ふたたびこちらに銃をむけて構えていた。ハキームがいまだおさまらない痛みによろめきながら、転げるように飛行機のステップをおりてくる。

「頭をさげろ！」有無を言わせぬ乱暴な怒鳴り声に、ジラはあわてて命令に従った。「くそ、ガスが効いて、もうすこし時間かせぎができるかと思っていた」アクセルを床まで踏みこむと、ジープが前にとびだした。ふたたび銃弾が頭をかすめ、フロントガラスのフレームにあたって跳ね返った。ダニエルは砂の上でジグザグ走行をはじめた。銃弾が追いかけてきて、ジープ後方のどこかにあたった。ダニエルはシートの下を手さぐりして黒い金属製の小さな箱を取りだした。

「それはなんなの？」エンジンのうなりと嵐のような銃弾の轟音《ごうおん》に負けないよう、ジラは声を張りあげなければならなかった。

「もっと離れてから使う予定だったが、いまは距離をかせぐより、連中の注意をそらすほうが大事だ」ダニエルは箱の赤いボタンを押した。

さっきより四倍ほども威力のある爆発が起こって、砂漠が揺れ、地面が隆起した。うしろをふり返ると、リアジェットが燃えさかる炎のなかに呑まれている。「飛行機を爆破したのね！」

「注意をそらす必要があると言っただろう」ダニエルは後方に目をやった。飛行機の近くにいたハキームは地面につんのめり、必死になって火だるまの残骸《ざんがい》から這《は》って逃げようとしている。ふたたびライフルの音が響いた。「どうやらハサンを止めることはできなかったが、射程《しゃてい》からは脱したようだな」

「飛行機を爆破した」ジラは呆然とくり返した。

「ベン＝ラーシドは犯人の捕獲《ほかく》を希望している」ダニエルは冷静に言った。「連中が怖気《おじけ》づいて、飛行機で逃げられては困るんだ。それに徹底的に逆上させて、国境を越えてまで追ってくるように仕向ける必要があった」

「わざわざ追ってくるように計画したの？」

「そのとおりだ」

横目で笑いかけてきたダニエルの目は、かすかな残忍さを感じさせた。視線がジラの腫《は》れた唇のあたりをしばらくさまよった。「おれもやつらを捕獲すると腹を決めたよ」

ジラは涙の止まらない目をハンカチでぬぐった。「あいつらを逆上させたのは、まずまちがいなさそうね。残りのふたりがジープでもどってきたら、すぐにここまで追いつかれるわ」

「おそらくな。だがそのころには、おれたちはこの砂漠を脱して、丘陵地帯の半ばにさしかかっているだろう。連中がセディカーン領内にはいる前に、きみはおれの友人の屋敷に無事に預けられる」ダニエルの口が断固として引き結ばれた。「そして、おれは楽しい狩りに出る」

ジラの背筋にぞっと寒気《さむけ》が走った。表情ににじみでていた残忍さは、いまでは短剣のように鋭利な光を放っている。ダニエル・シーファートはまちがいなくとても危険な男だ。一瞬、ジラはハサン一味を哀れに思った。けれど、すぐに考えなおした。ダニエルはたったひとりだ。この三十分に見てきたことからして、並大抵の男でないのはたしかだろう。それでも無敵ということはあり得ない。「それはだめ」ジラは静かに言った。「わたしはもう十分迷惑をかけました。わたしのために、これ以上危険な目にあってほしくないの」

「おれが決めることだ」ダニエルはそっけなくこたえた。「きみが口出しすることじゃない。おれはやつらを拿捕《だほ》したいんだ」

「いいえ、わたしは口出しする立場にあるわ」ジラの緑の瞳ににわかに強い光がうかんだ。

「助けてくださったことには、とても感謝しています。でももうこれ以上、手を借りるつもりはありません。この先はすべて自分でなんとかします」

「そう言っていられるのも、いまのうちだ」ダニエルはつぶやいた。

ジラは怒りをこめてダニエルを睨《にら》みつけた。石の壁にむかって頭突きをしている気分だった。「本気で言っているのよ」

ダニエルがいたわるようにジラのひざをたたいた。「それはわかっているよ」とてもあたたかで優しい笑顔をむけられて、ジラはついさっき目《ま》のあたりにした非情な顔つきを忘れそうになった。「この世のどんなことにも独力で対処できるような口ぶりだな」

ジラはあごをあげた。「できるわ」

ダニエルはおかしそうに笑い、濃い青色の瞳をきらめかせた。「そう言うなら、そうなのかもしれない。そばにいて、奮闘ぶりを見物するのもおもしろそうだ」

ジラは眉を寄せた。「あれはどうやったの？」

ダニエルの眉が、意味を問うようにあがった。

「わたしの救出劇よ。壮観だった」ジラは感心して首をふった。「現実を見ている気がしなかった」

「たいしたもんだろ」ダニエルはおどけて笑った。「おれはときどき、人をあっといわせることをするんで有名なんだ」

「ほんとに驚いたわ。ジェームズ・ボンドの映画を見ているみたいだった」

「火薬ものはたしかに映画風だな。おれはつい、派手にやりがちなんだが、だからといって、中身が伴わないわけじゃない。クランシーも小道具を使うのが大好きで、おれにも好きなだけ与えてくれる」

「あなたはクランシーのエージェントなの？」

ダニエルの表情がこわばった。「忘れてたよ。きみはブラッドフォードやその周辺とつながりがあるんだったな。おれはクランシーの補佐役のひとりだったが、もう辞職している。今回は臨時に依頼されたミッションだ」厳しい表情が消えて、無鉄砲な笑いがうかんだ。「クランシーは、おれが断れない条件を出してきやがった」

「命をはるくらいだから、それだけ魅力的な条件だったんでしょうね」

「おそらく、魅力的どころじゃないね」ふたりの視線が長いあいだからみあい、ジラは機内で唇にふれられたときのような胸の動揺をおぼえた。けれど、いまはふれられてはいない。視線をあび、笑顔をむけられているだけなのに、まるで実際にさわられているような感じがする。あわてて目をそらした。「答えがまだよ。それで、どうやったの？」

ダニエルは肩をすくめた。「一晩かけて、爆薬を仕込んでタイマーをセットした。厄介だったのは、機体に仕掛けた爆弾だけだ。もし外の見張りが厳重だったら、すぐに連中に見つかってたね。草も木もない一帯だ」

「飛行機のなかで爆発させたのは、催涙《さいるい》ガスだったの？」

ダニエルは首をふった。「あれはクランシーの化学兵器で、鼻腔《びこう》や呼吸器を刺激するようにつくられている。催涙ガスよりもはるかに洗練されたしろもので、それに痛みもはるかに強烈だ。まともに吸いこめば、ほとんど身動きできなくなる」瞳が心配そうに翳《かげ》った。「大丈夫か？」

ジラはうなずいた。「胸が痛いし、涙がぜんぜん止まりそうにない。でも、それ以外はなんともないわ」眉を寄せてたずねた。「あなたは顔をおおってもいないのに、どうして平気なの？」

「鼻栓とコンタクトレンズだ」ダニエルは顔をゆがめた。「おまけにダミーの耳までつけて、テレビに出てくるサイボーグにでもなった気分だったね」

「そうそう、あの耳」ジラは頭をふっておかしそうに笑った。「耳を引きちぎったときには、わたし、失神するかと思ったわ。だって、まるで本物みたいだったから」

「クランシーの力作さ。ダミーの爆弾を身体のどの部位でつくるか、いちおう選ばせてはくれたんだ。といっても選択肢はたったふたつで、もうひとつのほうは、たとえ偽ものでも引きちぎるのは忍びなかった」なにげなく前面のパネルに目を泳がせたダニエルの顔から、笑みが消えた。短いが乱暴な悪態が口をついて出た。

「どうかしたの？」

「ガソリンだ、くそ。石が落下するみたいに、メーターの針が急降下している。おそらく銃弾の一発がガソリンタンクに命中した」

ジラは不安で目を見ひらいた。「もうほとんどガソリンがないってこと？」

ダニエルはうなずいた。「そして、丘陵地帯のふもとまでは、まだゆうに十五キロ以上ある。このままジープが十三、四キロもてば、もうけものだ。それでも、その先の数キロは砂漠のなかを歩いていかなくてはならない」

「それだけ？」ジラはほっとため息をついた。「この場で立ち往生《おうじょう》して、ハサンたちに捕まるのを待つだけかと思った」

「そう楽観できる状況じゃないぜ。おれたちは連中よりわずかに早くスタートしただけで、今晩は、ひょっとしたらあの山のあいだで、ハサン相手にかくれんぼをしなくちゃならないということだ。ひらけた道づたいに進むことも避けなければならない。明日の朝までに国境につければ幸運だ」

ジラは肩をすくめた。「到着するなら、いつだってかまわないわ。山で夜明かしするくらいのことは、そんなに苦じゃないもの」

「できるのか?」ダニエルがからかうようにたずねた。

「わたしはどんなことにも対処できるの」ジラは真剣な声を出した。「いい先生がついていてくれたから」

ダニエルは唇を結んだ。「ブラッドフォードか」

ジラはうなずいた。「知っていることは、すべてと言っていいほどデイヴィッドから教わった」声が優しくなった。「彼は最高にすばらしい人よ」

「そんなふうに感謝されれば、ブラッドフォードはさぞやご満悦だろうな」ダニエルは荒々しく吐き捨てた。「だが、人生で学ぶことは、まだいくつか残ってるはずだ」

ジラは戸惑いもあらわにダニエルを見た。「言っている意味がよくわからない」

ダニエルのブーツがいきなりアクセルを踏みこんで、車が大きく揺れた。すぐにダニエルは、衝動に駆られて貴重なガソリンをむだにしてしまったことを反省して、小声で己を呪った。「いずれわかる」ダニエルの視線は、涼しげな緑の蜃気楼のような、ゆらゆらと揺れる遠くの高地にじっとそそがれていた。「なんとしてでもわからせてやるつもりだ」

高地をめざして十四キロほど進んだところで、ジープはぷすぷすという音をたてはじめ、苦しい息を吐いたかと思うと、動きをぴたりと止めた。

「おりろ」ダニエルはきびきびと命令し、長い脚をジープの外へ投げだした。

ジラはすでに座席からおりていた。テニスシューズのゴム底から砂の熱が伝わってくる。この先、もっと熱くなるかと思うとぞっとした。慣れるようにしなければ。ジープのうしろへまわると、ダニエルが後部座席の足もとにつくられた、二重底の床を持ちあげようとしていた。

アーミーグリーンのバックパックと水筒と、簡単に人を殺せそうなストラップ付きのライフル一丁がすばやく取りだされた。そのライフルがジラに押しつけられた。「ちょっと持っていてくれ」

ジラは現実ばなれしたものを見る思いで、ドキドキしながらライフルを受け取った。軍が支給する機関銃のようだった。のどかな空気につつまれたテキサスA&M大学にいた数日前には、ジラがダニエルのような男にこそ似合うライフルを手に砂漠に立つことになるなど、だれが想像しただろう。思いにふけるジラのそばで、ダニエルは鼻栓とコンタクトレンズをはずして無造作に後部座席にほうった。それからむだのない動きでバックパックを背負い、ライフルを取りあげて肩にかけ、水筒をつかんだ。

「ライフルをわたしに持たせて」ジラは冷静に言った。「ひとりで荷物を全部運ぶことはないでしょう。わたしにもいくらか持たせて」

ダニエルは首をふった。「先を急ぐ必要がある。二十分であの最初の山のなかほどまで進んでおきたい——最低でもだ!」口もとが引きしまった。「おれたちに与えられた猶予は、おそらくその程度だろう」水筒がつきだされた。「これで我慢しとくんだ。残りの荷物は、おれにとっては苦でもなんでもない」ダニエルはにやりと笑った。「見えてないかもしれないが、おれは家のようにでかい。この図体《ずうたい》がたまには役に立つのさ」ダニエルはジラの手を取った。「さあ、歩くぞ！」

ジラは水筒を肩にかけて、ダニエルに合わせて歩きだした。にぎられた手はあたたかで、安心感が伝わってくるようだったが、どうしても自意識過剰な思いがわいて落ち着かなかった。自分の一部が彼の手のなかに吸いこまれていきそうな妙な感覚があった。なんとなく不安になって、思わず腕をふりほどこうとした。ダニエルはすぐに手をはなし、ジラはすこし恥ずかしくなった。

ダニエルが顔をのぞきこんだ。「眉間《みけん》にしわが寄っているぞ」ダニエルは気づいて言った。

「怖いのか」

「ええ」ジラは正直にこたえた。「死ぬほど怖い。あなたがあの変な作りものの耳を引きちぎって、ガスの爆弾を投げつけたときから、ずっと怯えてるの」まっすぐにダニエルを見つめた。「でも弱音を吐いたりはしないから、安心して。ただでさえ大変な状況なのに、そのうえ、ヒステリックな女がいるんじゃ厄介でしょう。こうしろと言われれば、わたしはそのとおりにするわ」

眉がいぶかしげにあがった。「そう、すんなりいくかな。腹を立てて抗議することはないと断言できるのか？　ウーマンリブを盾にすることも、自分にも口出しをする権利があるといって大騒ぎすることもないのか？」

「そこまでばかじゃない」ジラは言った。「こうした任務は、まちがいなくわたしじゃなくてあなたの専門分野よ。その道のエキスパートといっしょにいるときには、じゃまはせずに、思うとおりにやらせるのが一番でしょう」唇に冗談めかした笑いがうかんだ。「この先は、できることならなんでも協力するつもりでいるけど、残念ながら飛行機の爆破は大学のカリキュラムにはいっていなかったの」

「それは気づかなかったよ。しかし、こんな状況でも冷静なレディだな、きみは」ダニエルの顔に優しさがにじんだ。「でも、それほど心配することはない。もちろん簡単にいくと言うつもりはないが、ふたたびハサンの手に捕らえられるようなことは、おれが絶対に許さないからな。負けは嫌いだ。おれは、どんなことをしてでも負けを回避する男だ」

「どんなものごとにも例外があるっていう格言が、今回にかぎってあたらないといいけれど」ジラは言って、無理に笑顔をつくった。

「大丈夫だ」ダニエルは目を細くして、しっかりとジラを見つめた。「今回は、なんとしてでも勝ちたい特別な理由がある。おれを信じてるんだ」

「地獄の炎が消えるその日まで？」

「さっきはそれで正解だっただろう。ちがうか？」ダニエルは視線をはずした。「すこし急いだほうがいい。予想よりも敵が迫っているとしたら、このあたりは見通しがよくて、隠れる場所もないからな」

「わかったわ」ジラはダニエルに合わせて足を速めた。わたしは彼を信じている。そのことに気づいて、軽いショックの波が走った。危険を職業とするダニエルの能力の高さを信頼しているだけではなく、彼そのものを信じているのだ。ふだんは知らない男にかこまれると、極度の緊張におそわれた。たくましい精力的な男はとくに苦手だ。けれども、なぜかダニエル・シーファートにはそうした思いを感じない。いっしょにいると身体が妙に反応して落ち着かないものの、ほんの数十分ではなく、何年もかけて太く縒《よ》りあわせられた絆が、ふたりのあいだに存在するような気さえするのだ。

ともかく、いまはいつもとはちがう対人の感覚を分析している場合じゃない。きっと単純に、危険をともにしているせいだ。ジラは首をふった。これじゃあ、わたしの感じかたや反応をいちいち分析しようとする精神科医たちと変わりないわ。とにかく、ダニエルのますます大きくなる歩幅に遅れずについていくことに集中しなくては。ジラは不安な思いでうしろをふり返った。ハサンらの姿は影も形もなかった。けれど、地平線のむこうからいまにも姿をあらわさないともかぎらない。そう思うと、自然に足が速くなり、ジラは前方の山々だけをしっかりと目で見すえた。

2

「連中のお出ましだ」ダニエルがつぶやいた。山の頂上に立ち、目の上に手をかざして見つめる視線のはるか先には、砂煙をあげて砂漠を這っているジープの姿があった。「全速力でとばしている。乗り捨てられたジープを見つけて、もはや捕まえたようなものだと考えているにちがいない」

「実際、そうなの?」ジラは不安に顔をしかめた。「ずいぶん迫ってきてるわ。あと十分もすれば、ここまで来ちゃう。そうでしょう?」

「まさしくね」ダニエルはふり返ってジラのひじを取った。例の不思議な感覚が身体にひろがって、ジラは腕を引っこめたくなる衝動を意識してこらえた。いったいわたしになにが起きてしまったの? しかも、いまのは、さっきのさわりかたとはぜんぜんちがう。ほんの機械的にふれられただけじゃない。「だが、そのときには、おれたちはもうここにはいない。道路づたいに進むつもりもない。木のあいだを縫って、つぎの丘を越える。そこまで出たら進路を変えて、国境のところでふたたび道にもどるんだ」

「ずいぶん土地にくわしいみたいね」

「ここらの山にはいって、フィリップと何度か狩りをした」

「フィリップ？」

「フィリップ・エル＝カバルだ。おれの友人だよ」ダニエルはジラに一瞥《いちべつ》をくれた。「名前を聞いたことはないか？」

ジラは首をふった。「この七年は、ずっとテキサスの牧場にいたから。ふつうなら知っているはずの名前なの？」

「アレックス・ベン＝ラーシドをべつにすれば、セディカーンでもっとも有力なシークだろうね」ダニエルはジラを急かして峠《とうげ》をくだりはじめ、道にそってしげる灌木《かんぼく》のあいだに分け入った。「そんなに長いこと、あっちにいっていたのか。ブラッドフォードとしては、いささか不便しただろうな」

「不便？」ジラは意味がわからず、聞き返した。「デイヴィッドの両親の牧場にお世話にはなったけど、できるだけ迷惑をかけないように努力はしたわ。乗馬をおぼえてからは、牧場の仕事も手伝えるようになったし」

「つまり十四歳のころから、デイヴィッド・ブラッドフォードの手もとにおかれてたということか」ダニエルの口調は辛辣《しんらつ》だった。「驚いたな。ずいぶん若いときからそうだったとは」

「なんのことを言っているのか、さっぱりわからない……」ジラは目を大きく見ひらいた。

「ひょっとして、わたしがデイヴィッドの愛人だとでも思っているの?」

ジラが通るまで、ダニエルがしなる枝を押さえていてくれた。「おれには関係のないことだ」その直後、ダニエルはジラがひるむほどの激しい視線を投げてよこした。「いや、ちがう。関係おおありだ。写真を見せられてから、これはどこにでもいる女のひとりだと自分に言い聞かせてきた。それ以上でも、それ以下でもない。でも、おれは自分に正直に生きてきた。いまさらそれを変える気もない。そう、きみのことが気になってしかたがないのさ」硬くこわばった表情だった。「数時間前、きみを人質にしたハイジャック機の通路を歩きながら、この女はおれのものになると直感した。そういうことだから、よく憶えておくんだ。おれにどんな魔が差したのかは知らないが、とにかく、そう思ったことだけはたしかだ」ダニエルはふたたび乱暴に枝をわきにはらい、ジラを先に押しだした。「デイヴィッド・ブラッドフォードには、自分の妻だけで満足しろと言ってやれ。きみはもはや、あいつのものじゃない」

「デイヴィッドは奥さんのビリーに満足しきってるわ」ジラは戸惑って言った。「それに、わたしはだれのものにもならない。わたしたちは、なにも知らない者どうしじゃない。こんなのって変よ。会ったばかりでしょう。怒り狂った四人のテロリストがすぐうしろから追ってきてるというのに、わたしに迫ろうっていうの？」

「迫るだ？　まさか！　事実を言ったまでだ」ダニエルの手がうしろからしつこくジラをせついた。乱暴な声と、襲いくる周囲の木や枝からジラを守ろうとする細やかな気遣いが、妙にちぐはぐだった。「自分がばかなことを言っているのは、わかっているつもりだ。単細胞なネアンデルタール人みたいだということも、十分に自覚している。だが、ちくしょう、抑えられないんだ」ダニエルは相手を責めるようにジラを睨みつけた。「自分をコントロールできないのは気に食わない。それで無性に腹が立つんだ」

「いっときの心の変調を、わたしのせいにしてるみたいじゃない」ジラは怪訝《けげん》そうに言った。

「わたしには関係ないわ」

「そのこともわかっている」ダニエルは不機嫌な顔をした。「問題は、それがいっときで終わるという自信がまったくないことだ」

ジラは神経質に笑った。「終わるにきまってるじゃない」

「そうだろうか？」口もとがゆがんだ。「まあ、見てみよう。結論を出すには早すぎる。いっときであろうとなかろうと、いずれにせよ、きみはおれのものだ。自分で言うのがいやなら、おれの口からブラッドフォードにそう伝えてやる」荒々しいひげ面に、残忍な笑いが刃《やいば》のようにきらめいた。「それもおもしろそうで、悪くない」

「わたしはだれのものでもないわ。あなたのものでもないし、断じてデイヴィッドのものでもない」身体がふるえている——ジラはそのことに気づいて驚いた。ジラが感情のまわりに築いてきた壁を、大人になって以来はじめて、ひとりの男があっさりと打ちやぶってしまった。ダニエルはこの数時間、言葉で迫ってくるほかは、ジラにほとんどふれてもいない。それでも存在が意識されてしかたがなかった。まるで熱を出したときのように、心臓が高鳴って、口が渇く。所有欲むきだしの言葉とは対照的に、腕をつかむ彼の手にはなんの感情もこもっていないのに、ジラの素肌があまりに敏感になっているせいで、ダニエルの指先をとおして彼の胸の鼓動が感じ取れるほどだった。いつもは、軽くふれられただけでこみあげる嫌悪感を我慢しなければならないというのに、この人が相手だとどうしてちがう感覚がするの? ジラは腕をふりきって抵抗しようとしたが、すぐに手で強くつかまれた。「はなしてよ」

「だめだ。おれがついている必要がある」ダニエルはジラに目もくれずに足を速めた。「いまも必要だが、この先、もっと必要になってくるはずだ。言っておくが、べつの意味でだ。きみが求めるものは、このおれがすべて満たしてやる。ブラッドフォードは、もはや人生から消えてもらおう」

ジラは唇を舐めた。「デイヴィッドがわたしの人生から消えることはあり得ない。誤解しているわ。あの人は友達で、わたしは愛人じゃない」ジラは首をふった。「おかしくて、笑っちゃう。デイヴィッドはビリーを心から愛しているのよ」

「なるほど、きみは自分の思いについてはぜんぜんふれようとしないな」ダニエルの唇がゆがんだ。「要するに、あいつは妻に夢中で、きみはあいつに夢中だというわけだ。やつが指を打ち鳴らせばベッドにとびこむんだろう」

ジラは真摯《しんし》な目でダニエルを真正面から見すえた。「デイヴィッドが望んだり、必要としたりすれば、わたしは身体を流れる血の最後の一滴まであげるつもりよ」ジラは肩をすくめた。「もちろん、身体だって捧げてもかまわない。そんなのはたいしたことじゃないわ」

「たいしたことないだと！」ダニエルの声のあまりの激しさに、ジラは思わずひるんだ。

「おれにはとても重要なことだ」ダニエルは大きく息を吸い、今度は力のはいった奥歯のあいだから言葉をしぼりだした。「これ以上しゃべるな。いまのおれは、なにをしでかすかわからない。どれだけ重要な意味を持つことか、この場で教えてやったっていい。だが、それはあまり賢いことじゃない。お取り込み中にハサンがやってきて、ケツを撃たれる」

「それは困ったことになるわね」ジラは無理に笑おうとした。「それに、そんなことをしても、まったくむだよ。だって、セックスに動物の交尾以上の意味があると納得させようとしても、わたしには効かないから」

「ほんとかい？　年を食った欲求不満のヴァージンみたいな言いかたじゃないか。こんなときと場所じゃなかったら――」ジラの瞳に傷ついたような硬い表情がうかんだのを見て、ダニエルは言葉を呑んだ。「どうした？　短剣で刺されたみたいな顔をして」

「そんな顔？」こらえようとしても、声のふるえを抑えることができなかった。「そうだとしたら、ばかみたい」ジラは足を速めた。「だって、わたしはヴァージンじゃないもの。ヴァージンでいた期間は短かった。そうよ、あなたの言うとおり、わたしは小さいときからそうだったの」ジラは早口で、興奮したようにまくしたてた。「でも、相手はデイヴィッド・ブラッドフォードじゃない。デイヴィッドとは一度もそんな関係になったことはない」

ダニエルはいきなり足を止めて、ジラを自分にむかせた。「おしゃべりはやめて、おれに顔を見せてくれ」視線がジラのこわばった顔の上をさぐるように動き、やがてダニエルは、低い声で心の底から後悔の言葉を吐きはじめた。「きみを傷つけてしまった。こんなにもひどく傷つけてしまうとは、いったいなにを言ったせいなんだ」

「なんでもないわ」ジラはダニエルの手から逃れようとした。「言ったでしょう、わたしがばかだったって。さあ、いきましょう。急がないといけないんでしょう」

「ああ、そうだ」ダニエルは言った。ジラの顔をのぞきこみながら、つかんでいた肩を無意識にもんだ。「だが、どうして傷ついたのか聞くまで、ここから動くつもりはない」相手をいたわるように目を細めた。「ヴァージンと言ってからかったのが悪かったのかい？　セデイカーンの社会はとても厳格らしいからな」ジラを軽く揺すった。「きみが男を知った時期について、とやかく言う気はない」ダニエルの唇が自嘲《じちょう》気味にゆがんだ。「おれが女を知った年齢のほうが、おそらく若かったはずだ。自分が引き換えに提供できないものをきみに求める権利は、おれにはないよ」笑みがあらわれて優しい顔になり、それと同時にジラの胸がどきんと跳ねて、春の雪のようにとけた。「きみを傷つけるつもりはない。荒くれた男で、荒くれた人生を歩んできたが、おれのことを恐れる必要はないからな。故意に傷つけることは、この先も絶対にしないよ」ダニエルの指が唇の縁をなぞった。「それに、だれにもきみを傷つけさせない。おれを信じるね？」

ほんの軽くふれただけだった。それなのに、どうしてこの指はこんなにうっとりとさせる色気を秘めているのだろう。唇だけでなく、手首に、みぞおちに、足の裏に、ダニエルの手と指を感じるようだった。身体じゅうがうずいているけれど、ダニエルはその気にさせるためにふれたのではなかった。彼のにおいにつつまれているのがわかる。清潔な石けんのにおいと、汗と男のムスクのようなにおい。手を伸ばして、燃えるような色のやわらかなひげにふれ、彼がしたように、唇のくっきりとした線にふれたいという衝動がふいにわいた。わたしはこの人にふれたがっている。そのことを意識して、ジラは自分でも愕然《がくぜん》とした。

あわてて彼の胸のなかほどまで目を落としたが、身体にあふれる物憂い熱っぽさが消えることはなかった。それどころか、胸に生える毛も、ひげとおなじように赤くてやわらかなのだろうかと考えていた。ジラは首をふって、頭のなかをからにした。「信じるわ」笑いながら言ったが、声がいくらかかすれていた。「それよりも、先を急いだほうがいいんじゃないの？　この調子じゃ、ほんとに守ってもらえるのか心配になってくるわ」ジラは茶目っ気たっぷりに微笑んだ。「とくに、そのお尻を撃たれたりしたらね」

ダニエルに抱きしめられ、懐っこい熊《グリズリー》に抱擁《ほうよう》されたような感じがした。なんて大きな人だろう。

「それは、なんとしてでも回避しないといけないな。自分の身体のなかでも、とくに気に入っている部分だ」そう言うと、ダニエルはジラをはなして茂みのあいだを急かし、どちらにとってもむだ口をきく余裕のないペースで前進を開始した。

ジラの肺はいまにも破裂しそうで、着ているジーンズとシャツは湖にでも落ちたように汗でびっしょりになっていた。ああ、そんな喩《たと》えを思いつかなければよかった。いまは、山あいのひんやりとした湖につかることなど、夢のまた夢だ。

ダニエルがちらりと肩ごしにふり返った。あたりは夕闇につつまれ、ダニエルは暗がりを見すかすように目を細めた。「大丈夫か？」

ジラは呼吸を節約して、首を縦にふった。息をむだにする余裕なんてない。これまでの数時間、ダニエルは容赦のないペースを保っている。どれほどの距離を進んだのかはわからないが、疲れ具合からいえば、百キロ以上歩いていてもおかしくなさそうだった。丘陵地帯を遠くから目にしたときには、とても涼しげで魅力的だと思った。けれども、涼しげに見えていたのは、はかない幻にすぎなかった。木々の影にはいっても、砂漠とほんの数度しかちがわない。

「もうすこししたら、休ませてやるからな」ダニエルは言った。「真っ暗になる前に麓のほうまでおりたい」ダニエルはジラの返事を待たずに、ふたたび前をむいて歩きだした。長く力強い脚が斜面をくだり、大男とは思えない機敏でしっかりとした歩みで先へ進んでいく。それに、ほとんど音も立てない。ジラは拷問のようなペースに必死についていきながら、そのことを思った。ハイジャック機のまわりにこっそりと爆薬を仕掛けることができたのも、その特技のおかげなのだろうか？　きっとそうだ。そのダニエルも、いまでは暑さに苦しめられているはずだった。カーキ色のシャツは背中や腕にはりつき、背負ったバックパックとライフルは重いだけでなく、暑苦しいにちがいない。それでも、息も切らしていないし、ぼやくこともない。ジラのほうはふらふらでいまにも倒れそうだというのに、ダニエルはふつうの散歩をしているようにさえ見えた。

　ダニエルがいきなり足を止めたので、危うくうしろから追突しそうになった。「こっちだ。たしかこのあたりのはずなんだが」ダニエルはジラの腕を取って、坂道にそって斜めに走る小山のほうに引っぱりあげた。「この岩の壁をまわったところにあるはずだ」

「あるって、なにが？」

「小さな洞窟だよ。その先には、ささやかな沢も流れている。今晩は、そこに身を隠せばいい」

「このまま歩きつづけるんじゃないの？」

「ハサンらはおれたちを追って、このあたりの丘陵をくまなく捜すだろう。真っ暗ななかでうっかり連中と鉢合わせになるのは、望むところじゃない。とくに、今回はきみがいっしょだからね。おれたちは、あと数時間もいけば国境というところまで来ている。夜明け前になったら、ふたたび先をめざすことにしよう」ダニエルはジラに手を貸して、残りの数メートルを引っぱりあげた。ウエストに腕をまわし、身体を半分かかえあげるようにして、斜面をまわって伸びた草のあいだを進ませた。

「わたしに気を使って休む必要はないわ」ジラは必死に息を整えながら言った。「わたしなら平気よ」

ダニエルはジラを見おろし、一瞬、腰にまわした手にわずかに力がこもった。「なるほど、そうだろうね」そっけなく言った。「いまにも倒れそうに見えるが、大丈夫なようだ。この程度のことなら、きみには対処できる、そうだな?」

ジラはにっこりと笑った。「そのとおりよ」さっき感じた熱いうずきとはべつの、あたたかなものが身体にひろがった。母になでられたような優しい心癒される感覚。デイヴィッドになでられたときのような、と言ってもいい。よく知りもしない相手に、こんなふうにつぎつぎと大きな感情をかきたてられるのは、どうして?「そう、わたしには対処できる」

「まあ、いまのところは、とくになにに対処する必要もないけどね」小山の反対側にまわりこんで藪《やぶ》から出ると、ダニエルは斜面の中腹にあいた外周一・五メートルもない小さな入口の前に立った。

「これがその洞窟なの?」ジラは首を左右にふった。「それなら、外のこの場所で夜明かししたいわ。わたし、狭い場所はあんまり好きじゃないんだけど、なかはずいぶん小さそうね」

「奥行きは十五メートルほどもある。草木をかき集めてきて入口を隠せば、なかは安全だ」

ダニエルは苦笑した。「じつはおれも、ここにはいると思うとぞっとするよ。おなじく狭いところが苦手なんだ」

「だったら、外ですごせばいいじゃない」

「きみが休むには洞窟のほうが安全だよ」ダニエルはそっけなく言った。「ここで待ってろ。なかを確認してくる。急になにかが出てきたりしたら困るからな」

夕闇の刻々とせまる洞穴の入口は、真っ暗で不気味に見えた。「サイドアババに熊はいるの？」ジラは質問した。

「聞いたことはないな」ダニエルは入口わきの切り立った斜面にライフルをたてかけ、ストラップをはずしてバックパックを地面に落とした。「おれの頭にあったのは、コウモリだとか、蜘蛛だとか、そういうたぐいのものだよ」

「コウモリ！」ジラはぞっと身体をふるわせた。「それなら、熊が出たほうがいいわ」

「運さえよければ、どっちにも出合わずにすむさ」ダニエルはバックパックから取りだした小さなペンライトを手にして、ひざをついて入口をくぐろうとしていた。「きみがなにが得意でなにが苦手か、さぐってみるのも悪くはなさそうだけどね」

やけに長い時間が過ぎたような気がした。ダニエルが率先《そっせん》して役割を果たしているというのに、ただ突っ立ってぼんやりと待っているのは、ジラには耐えられなかった。どうして自分もいっしょにいくと言わなかったのだろう。ジラを人質にしたハイジャック機のキャビンに足を踏み入れたそのときからダニエルはずっと、命をはってくれているというのに、そのうえにまだ危ないことをさせるなんて。ぽっかりとあいた穴はこんなにも暗くて薄気味悪いじゃない。

ヘビ！　もしかしたら、ヘビがいるかも！

ジラは無意識のうちにひざをついて入口を半分くぐっていたが、そこではっとわれに返った。ああ、これほど真っ暗だなんて。それに、暗闇の先からは物音ひとつ聞こえてこない。

「ダニエル？」自分のふるえる小さな声に、がっかりした。なんて不甲斐ない臆病者だろう。ジラは低く頭をさげ、大きく息を吸って、全速力で前へ這い進んだ。

突然、なにか硬いものに頭をぶつけ、目の前を火花が舞い散った。驚いて頭をあげたとたんに、またべつの硬いものにぶつかった。いまのは、あご？

「痛っ！」前方の大きなかたまりから苦痛にうめく声があがり、つづいて、あまりに無遠慮な悪態が聞こえた。

「ダニエル？」

「こんな場所に、ほかにだれがいる？　いったい、ここでなにをしているんだ？　おれを気絶させようとたくらむ以外に」

「だって、あなたのことが心配になって」気がつくと、ジラはダニエルをつかもうと必死になって手を伸ばしていた。「ヘビよ」

「ヘビ?」

「このなかには、ヘビがいるかもしれないでしょう」ダニエルはとても大きくてあたたかくて、安心の源《みなもと》だった。ジラはダニエルにすりよって、いまでは彼の両腕のなかにいた。耳の下から心臓の鼓動が伝わってきて、その音が暗闇を生命力で満たすようだった。「どうしてライトをつけてなかったの?」

「バッテリー節約のためだ。このための予備の電池はないし、あとで必要になるだろうからね。陰や隙間をライトで照らしてひととおり点検したから、スイッチを切って入口にもどるところだった」ダニエルの両手がジラの肩から背中をさすっていたが、男女を意識してのことじゃないのはわかった。それでも、ふれられるだけで熱い波が走って、身体のすみずみにまでひろがっていく。「怖いなら、無理して助けにこないほうが賢い選択だとは思わなかったのか?」

ジラは頭をふった。「なにかを恐れるなら、真正面からぶつからないと。ずっとむかしに、そのことを学んだの。頭を隠してじっとしていたら、身体の内側から蝕《むしば》まれて、いつかは全身に毒がまわる。だから、行動する必要があったの」

ダニエルは動かしていた手を一瞬止めた。「なるほど、そうだね」彼の唇が羽根のように軽やかにジラの頭のてっぺんにふれた。「助けは必要なかったと聞けば、安心するだろう。ヘビはいない。コウモリも熊もいなかったよ」ダニエルはそっとジラを押しやった。「さあ、向きを変えてここを出よう。新鮮な空気が恋しくてしかたがない。このなかは、記憶にあったよりも狭かった」ジラに反対をむかせて、尻をたたいてうながした。「いけ」

洞窟から這いでると、空気は相変わらずうだるような熱気をおびていたが、新鮮で優しいにおいがした。ジラはすぐに入口のわきにどいて、崖の固い岩盤《がんばん》によりかかってほっとため息をついた。すぐつづいてダニエルも外へ出て、ジラのとなりで身を休めた。シャツのポケットから煙草のパックを取りだして一本に火をつけると、あらためて崖によりかかって、深々と吸った。「おっと悪い」ダニエルはいったんシャツのポケットに押しこんだ、つぶれたパックを手に取った。「よかったら一本どうだ?」

ジラは首をふった。「わたしは煙草は吸わないの」

「おれも遠慮すべきだったかな」

「いいの。まわりの人が吸うのは気にならないから。ただ、自分が吸うのが許せないだけ」

ジラは目を閉じて、首すじを伸ばしてさわやかな空気の開放感を楽しんだ。

「病気か?」

ジラは首を横にふった。「そうじゃなくて、癖になるでしょう。そういうものの中毒になると思うとぞっとする。怖いの」

「怖い？」ダニエルの眉が怪訝そうにあがった。「熊もテロリストもヘビも恐れない娘が言う台詞《せりふ》とは思えないな」

閉じていた目をあけた。「そう？」ジラは急に立ちあがろうとした。「ねえ、近くに沢があるって言ったわね」

「斜面をくだった、あそこの御柳《タマリスク》の茂みのところだ」濃い夕闇のせいで、ダニエルにはジラの表情はほとんど見えなかったが、肩のあたりが妙に硬くこわばっているのがわかった。のろのろと煙草を地面に押しつけた。「いっしょにいくから、ちょっと待て」

「わたしなら平気よ。自分で見つけるから」ジラはすでに歩きだしていて、駆けおりるようにして斜面をくだっていった。

ダニエルは小声で愚痴《ぐち》を言いながら立ちあがり、ゆっくりとあとを追った。まったく、機嫌をころころと変える女だ。ちょっと前には怯えた少女のように暗闇でしがみついてきたかと思ったら、すぐに冷静な強い大人の女になった。そして今度は、写真のなかでまたがっていた神経質なパロミノ馬のように緊張しきったふるまいをする。いっときでも夢中になるのなら、フィリップお気に入りの麻雀《マージャン》ゲームほどややこしくない女がいいものを。今日の午後に出会ったばかりだというのに、これまでにひととおりの感情をかきたてられてしまった。

欲望、愛情、保護欲、それに嫉妬《しっと》。ジラの大切なデイヴィッドにこれほど嫉妬していなければ、おまえはおれのものだと訴えるにも、もっとうまい駆け引きができたはずだった。どうやらすっかりジラを怯えさせてしまったではないか。しかし、クランシーに身柄を引きわたすまでのあいだに彼女を手に入れられないときまったわけじゃない。ハイジャック機に侵入し、向かい合わせにすわったときからわかっていた。パズルのピースのひとつが、ようやくおさまるべきところにはまったような気がした。あれはじつに妙な感覚だった。

ダニエルは渋い顔をして、タマリスクの茂みまでの残り数メートルを歩いた。ジラにしてみればこっちこそ妙なやつだと思っているにちがいない。傭兵《ようへい》あがりでいまだに粗野で荒々しい刃を持っている男が、人生にいきなり割りこんできたかと思ったら、あたりかまわず爆弾を破裂させて、相手の気持ちを顧《かえり》みずにおまえはおれのものだと宣言したのだ。彼女がびくびくと神経質な行動をとるのも無理はない。

はやる気持ちを抑えて、優しく紳士的にふるまわなければ。なんといっても、彼女はほんの二十一歳じゃないか。おそらく自分のような乱暴な男とは縁のない場所にいた、大学生のお嬢ちゃんだ。自分が二十一のころには、なにをしていた？　ベトナム、そして中央アフリカ、そして……。あれからどこの国を訪れ、どの戦闘に加わり、どんな女とすれちがってきたか、いまでは憶えてすらいない。そうした時期や経験がふたりのあいだに割りこまないように、細心の注意をはらう必要がある。いまからは、もっと慎重かつ冷静にふるまって、そのうえで……。

慎重と冷静を誓った気持ちは、急流沿いの岩場にひざまずくジラの姿を見たとたんに一気に吹き飛んだ。コットンのシャツを脱ぎ、レースのブラジャーのストラップを腕の途中までおろして、顔と背中を白いハンカチでぬぐっている。あれは機内でわたしたハンカチじゃないか。日に焼けて筋状に明るくなった髪が、シルクのマントのように身体に垂れている。片手をあげてつややかな髪を肩のうしろにはらうと、背中を波のように流れおちた。それからもう一度ハンカチを水に浸して、軽くしぼって肩から手首までをのんびりと気持ちよさそうにこすりはじめた。

ダニエルは鋭く息を吸いこんだ。ゆったりとした手が本人ではなく自分の身体をなでている感覚にとらわれたのだ。下半身がうずいた。あの手にそっと愛撫されるようすが頭にうかぶ。こめかみが強く脈打ち、まぎれもない欲望の熱い波が身体にじんわりとひろがっていく。

音を立てたつもりはなかったが、ジラは気配を感じたようだった。驚いた鹿のように、顔がまっすぐにこっちをむいたのだ。動きが止まった。やがて影のなかにダニエルの姿を見つけると、ふるえる声で笑った。「思っていた以上にびくびくしてたみたい。怖がらせないでよ」ジラから緊張がとけだしていった。流れの上に身をかがめ、もう一度、手ぬぐいがわりのハンカチを水につけた。「すごく気持ちいいの。すぐにハンカチを返してあげるけど、すこし砂と汗を洗い流しておかないと耐えられないわ」

「あわてることはないよ」ダニエルの声は上ずり、半ばかすれていた。彼の大きな影には緊張があらわれていて、そのようすを目にしたとたんに、ジラのほうもおなじようにドキドキしはじめた。暗くて表情までは見えないが、視線がこちらにむいているのはわかる。急に半分裸のような自分の姿が気になりだして、シャツのところに駆けもどりたくなった。自意識過剰よ！　海水浴のときほど肌をさらしているわけでもないし、いまは慎《つつ》ましさよりも実際的な事がらが重視される状況じゃないの。「着替えがあればよかったんだけどね」ジラは無理して明るくつくろった。

「バックパックに替えのシャツがあるから、使うといい」ダニエルがゆっくりと近づいてきた。「ひざまでとどくだろうが、少なくとも洗いたてだよ」となりにくると、ダニエルはそびえ立つ頑丈な壁のようだった。「いって、取ってこよう」

　ジラは首をふった。「そうしたら着るものがなくなっちゃうじゃない。ただでさえ、借りがたくさんあるから」ジラは首をかしげて、ダニエルを見あげた。「とっても感謝しているの。そのことは、まだ伝えていなかったわ」

「感謝する必要はない」ダニエルはとなりにひざをついた。「きみには今後、求めたいものがたくさん出てくるだろうが、そのなかに感謝ははいっていない」ダニエルはライフルを足もとにおいて、シャツのボタンを手早くはずして脱ぎ捨てた。身をのりだして水面に頭を近づけ、ふだんの一挙手一投足が感じさせるのとおなじ、みなぎる力強さで顔と喉《のど》をこすった。動かすたびに、肩や背中の日に焼けた筋肉が波打ち、位置を移す。ジラはその姿に目が釘付けになった。ふつうの基準からすれば、とくにハンサムなほうではない。息を呑む必要も、目をそらせなくなる理由もないはずだった。ダニエルにあるのは、ローマの剣闘士のような精悍な色気と男らしさだけだ。だけ？　それだけでも、ひざから力が抜けて、ハンカチを取り落としそうになるほど手がふるえだした。

ダニエルはいまでは冷たい水を胸の赤いうぶ毛にはねかけていて、水滴が素肌を玉のようにつたい落ちるのが見える。ジラはふいに顔を近づけて、そのしずくを舌ですくいたい衝動に駆られた。そう思ったとたんに、はっきりとしたショックの波が身体を貫いた。欲望。過去六年にわたり毎週面接をしてきた精神科医が請け合ってくれたにもかかわらず、ジラはその感情を経験する日が自分にやってくるとは信じられずにいた。それでも、この原始的な飢えのような気持ちがそれ以外のものだということがあるのだろうか？

胸が張りつめ、驚いたことに先端が反応して硬くなった。両手で隠したいのに、そんなことをすればかえってばれてしまう。ジラはかわりにシャツをひったくった。

「だめだ！」

ジラは目を見ひらいて、あわててダニエルを見た。

彼の視線は、ブラジャーの薄いレースの生地につつまれただけの丸い胸にじっとそそがれている。顔に濃厚な欲望をただよわせた表情を見て、ジラははっとなった。「まだ着なくていい」ダニエルがかすれ声で言った。「こっちにおいで」

ジラは無意識に唇を舐めた。「やめておいたほうがいいと思うわ。だって、いまの状況はとても……ふつうとは言えないから、おたがい、ついふだんとはちがう反応をしてしまうのよ」

「きみの反応はふだんとちがうだけかもしれないが、おれの反応は異常の域に達しようとしている」ダニエルは指を伸ばして、ジラの言葉を裏切ってつんと主張している乳首の一方を、レースごしにさわった。「きみもおなじ方向に着実に進んでいるようじゃないか」

ジラは身を引いた。軽くふれられただけなのに、電気にあてられたような衝撃があった。

ダニエルがゆがんだ笑顔をうかべた。「ほら」両手でそっとジラの肩をつつんだ。「こんなに反応がいい」

「そんなことを言うから、ますます……」ダニエルに引きよせられ、ジラは磁石《じしやく》のように素直に従った。どうして、わたしは抵抗しないの？　けれど、つぎにたくましいあたたかな胸で抱きとめられると、そんな疑問はまるごと頭から消え去った。しなやかな赤い毛がジラのやわらかい女の素肌にこすれて、興奮の炎が散った。頭がくらくらして、呼吸さえままならない感じがした。ジラは身をまかせるように頬をあずけて、小さく息を吐いた。「こんなことはいけないわ、ダニエル。早すぎる。おたがいのことを、なにも知らないじゃない」「必要なことはこれから知ればいいさ」ダニエルは指を髪にからめてジラの顔を遠くに押しやり、じっと目を見つめた。ダニエルの眼差《まなざ》しは真剣だった。「すこしだけだ。きみが望む以上のことを求めるつもりはない」情けない顔つきで首をふった。「五分前には、冷静にふるまって自制をすると自分に誓った。でもいま言えるのは、この場で押したおして襲いかかるような真似はしない、ということだけだ」ダニエルはゆっくりと頭をさげていった。「きみにはとても優しく接したい。こんなふうに思うのははじめてだ。いつもは、激しくて速いのがおれの好みだが、きみが相手だとちがう」ダニエルのあたたかな息がジラの唇をそっとなでる。「ゆっくりあじわうように、きみを堪能《たんのう》したいんだ」最初のキスはふれたかもわからないほどの軽いものだった。けれどすぐに、ダニエルの唇はすぐにしっかりと優しくジラをとらえた。唇が動き、愛撫し、横になり、一度のキスが百回になるまで終わらなかった。ダニエルはジラの唇から吐息とぬくもりをむさぼり、そして、奪うよりも多くのものでジラを満たした。

なんて心地がいいのだろう。ジラはダニエルの背中をまさぐりながら、うっとりと思った。とてもすべすべしていて、あたたかで。そして、とても強くて、とても優しい。なにもかも、はじめてあじわう感覚だった。キスや愛撫のひとつひとつが、この夢のような瞬間に世界に新しく創造されるようだった。どうやったら、そんな魔法みたいなことができるの?

「ジラ」

「なに?」

「口をあけて。きみをあじわいたい」ダニエルは唇をひらくよう導きながら、指で誘うように髪をすいた。「おれのこともあじわいたいだろう?」

「ええ」ダニエルのすべてをあじわい、すべてを愛撫したかった。自分でも戸惑うほど、ダニエルがほしかった。ダニエルの舌のあたたかな感触があった。ジラの唇をゆっくりとなぞり、それからいきなり口に侵入してきて、歯の上をなで、ジラの舌と戯《たわむ》れる。愛情あふれる親密さがとても自然に思えてきて、気持ちがいいとさえ思った。ダニエルがかもしだす官能の霧にからめとられていながら、ふいにそんなことを考えた自分がおかしくなって、ジラは声を出して笑いそうになった。身体じゅうが心臓になったようにドキドキと脈打っているのに、気持ちがいいだなんて。

ダニエルの両手が垂れた髪の内側をさぐり、そしてふいに解放感があった。彼は唇でジラの口をふさぎながら、ブラジャーのストラップを腕からそっとおろした。肌と肌、ぬくもりとぬくもり、硬い筋肉とやわらかにはずむ乳房がふれあう。ジラの脚のあいだが切なくうずきだした。「ああ、ジラ、気持ちがいいと思わないか」ダニエルは身体をはなしてジラを見おろした。「暗くなってきたな。よく見えないじゃないか」すばやく、しっかりと一度だけ唇が重ねられた。「さあ、おいで」立ちあがって、ジラの手をつかんで引っぱりあげた。

「どこにいくの?」ジラは驚いて聞いた。

ダニエルは自分が脱ぎ捨てたシャツをていねいにジラの肩にかけ、ライフルとジラのシャツとブラジャーをひろった。「洞窟にもどる」ダニエルはこたえた。「ここまで暗くちゃきみの姿も見えないし、こんな無防備な場所で愛を交わして身を危険にさらしたくはないからね」

「そうするつもりだったたったの?」ジラは冷静にたずねた。

「愛を交わすってことか?」ダニエルの視線がジラにむいた。「そのとおりだ。愛しあうつもりだった。身体だけが目当てなら、きみだって気づいただろうよ。おれはそんなにわかりにくい人間じゃない」

ジラは妙に頭がくらくらとして、突然おかしさがこみあげて笑いだした。「激しく速いのがいいんだものね」

「そのとおりだ」ダニエルは腰に手をおいて、斜面をのぼるジラを急かした。「そして、花火を打ちあげる。そういうのも悪くないぞ。だが、最初はゆっくり穏やかにいこう」

ジラは身をこわばらせて、しばらくのあいだ黙っていた。「たぶんわたし、まだ心の準備ができていない。つまり……その、花火に対して」ジラはおずおずと言った。「なんだかあまりに急な展開で」

洞窟の入口についたころ、ダニエルがようやくこたえた。「言ったとおり、ゆっくり穏やかに徹するよ。いまは、口説いてその気にさせるのが楽しいんだ」ウエストにおかれた手に力がこもった。「おれを完全に拒絶することだけはやめてくれ。一度肌の感触をあじわってしまったからには、そんなことは耐えられない。大玉を打ちあげることはしないが、少々の爆竹は必要だよ」

ジラもおなじことを思った。この先、ダニエルにふれずに我慢するのは大変だろう。「好きにして」ジラはおそるおそるこたえた。

ダニエルは無作法に鼻を鳴らした。「きみがおなじことを望んでいるならば、だ」ふいに、声が真剣になった。「正直になってほしい、ジラ。ここはおたがいに心から正直になることが必要だ。おなじことをきみも望んでいると言ってくれ」

「わたしもおなじよ、ダニエル」ジラは静かに言った。自分でも驚いたが、それが正直な気持ちだった。ふれられただけなのに、ダニエルのことがほしくてたまらない。その思いの強さに、自分でもたじろぐほどだった。「それを望んでるわ」

ダニエルの腕がぎゅっとジラを抱きしめた。「いい子だ」手をはなすと、身体の向きを変えた。「さあ、バックパックをあけて新しいシャツを出すといい。おれは洞窟の入口を隠すのに、その辺から木の葉をかき集めてくる」

ジラは戸惑いに似た気持ちをあじわいながら、大またで去っていくダニエルを見送った。いままで精力あふれるダニエルの存在にたくさんの感情をかきたてられていただけに、急に寒くなって、路頭に迷ったような気分になった。ジラはぶるっと身をふるわせて、遠ざかっていくしなやかな背中から意識して目をそらした。

会ったばかりの男なのに。ろくに知りもしない相手にこんなにも感情的に入れ込んでしまうなんて、どういうことだろう。きっと、バイタリティあふれる男らしさや、勇《いさ》み足のあつかましい魅力に想像力を刺激されただけだ。突然のことで、つい男の色気を感じてしまったけれど、胸にわいたものをべつの深い感情と取りちがえてはいけない。ダニエルのような男なら、彼のベッドにはいりたい女が列をつくって待っているはずだ。そんな女たちにくらべられたら、ジラに勝ち目があるはずはない。だれが相手だとしても、女として性的に応えられるかもわからないのだ。でも、どうやらダニエルは特別だった。ふれられただけで、ジラは焚き火の前にほうられた雪玉のように解けてしまったのだから――メルローズ医師によると、これが治療の仕上げらしい。先生は前に淡々と説明してくれた。強い性的な魅力を感じたら、遠慮なく反応するようにと。そんな可能性があるとは思えなかったから、あのときには他人事のように聞いていたけれど、いまあらためて考えてみると……。ダニエルが、数週間のあとくされのない身体の関係を提供しようとしてくれているのだとしたら？　彼がジラからなにかを得るとすれば、ジラのほうもダニエルから本人が想像もしないほどの多くのものをもらうことになる。治療の仕上げ。ジラはようやく癒されてふつうの女になれる。

バックパックの横にひざをついてストラップに手をかけた。そうした癒しがその後どんなものをもたらすかについては、あえて考えなかった。ダニエルといっしょにいるあいだは、よけいなことで悩まずに、ひたすら感じるのだ。流れに身をまかせる。ダニエルなら、ジラが感情の海のなかで溺《おぼ》れそうになっても、ちゃんと助けてくれるはず。表面の無慈悲な態度の下に隠し持ったあたたかな思いやりを、ジラは直感的に信頼していた。

ダニエルが肩にかけてくれたシャツを手早く脱いで、バックパックにはいっていた青いコットンのワークシャツに袖をとおした。ぱりっとした清潔な肌触りがして、かすかにライムと煙草のにおいがした。さらにバックパックをあさってみる。布巾にくるまれたパンとチーズ、電池式の大きなランタンと予備のバッテリーが一パック、白いアンダーシャツ、ライフル用の弾薬一箱、たたんだ銀色のシート、恐ろしげな山刀《マチェーテ》。とても馴れた、必要最小限の荷物をつめたバックパックだった。ダニエルその人のようだと思った。実際的で、破壊的で、むだがない。

「そのマチェーテをわたしてくれるかい？」ダニエルがうしろから声をかけてきた。肩からライフルをおろして、それと引き換えに刀を受け取った。「使えそうな枯木を見つけたよ。十五分か二十分もあれば、入口を隠すのに十分な枝を運んでこられそうだ」

「わたしも手伝う？」

「いや、きみはここにいるんだ」急に思いだしたように、ダニエルがふり返った。「このライフルの使いかたは知ってるか？」

「ブローニングのオートマチックなら手馴れたものよ。牧場でデイヴィッドのお父さんに撃ちかたを教わったから。でもこの銃は手に負えるかわからない」ジラは顔をしかめた。「これは機関銃兼ライフルみたいな銃？」

ダニエルはうなずいた。「こいつはＭ１だ。レバーを動かして引き金を引くだけでいい」ふたたび背をむけた。「しっかり見張ってろよ、女ガンマンのアニー・オークレー。すぐもどってくる」

3

洞窟のなかはどうやっても魅力的な場所に見せることはできなかった。けれど、銀色のシートをごつごつした地面に敷いて、大きくて実用的なランタンを灯《とも》してみると、そこまで恐ろしい雰囲気ではなくなった。それでも、閉所恐怖症をもよおしそうな狭苦しさばかりはどうすることもできない。

「ジラ、おい、どこにいるんだ？」洞窟の外から聞こえるダニエルの声には、いらだちと、かすかな動揺の両方が感じられた。

「このなかよ」パンとチーズを銀色のシートにならべながら、ジラはこたえた。「夕食の準備ができたわ。でも、やっぱり外のほうがいいの。ねえ、この洞窟のことは忘れて、外で眠るわけにはいかないの？　ここはいや」

「だめだ」ダニエルはそっけなく言った。彼が入口からはいってきたとたんに、洞窟がますます狭くなった。「かなり念入りに入口をカモフラージュした。真上から見ないかぎり、絶対にばれないはずだ」ダニエルはシートのところまで這ってきて、ジラのむかいにあぐらをかいた。

「ランタンはつけておいていいの？　明るいと、すこしは居心地がよくなるわ」

「しばらくはね。ランタンには予備のバッテリーがある」

「そうみたいね」ジラは薄く切ったパンを取ってかじりついた。すこし乾いていたが、まずまず食べられた。「こういう仕事に出るときには、いつもこんなに万全の装備なの？」

「そうだ。不測の事態に備えることをずいぶんむかしに学んだんだ。たいてい、なにかが起こると相場が決まっている」重みをふりはらうように肩をすくめた。「くそ、えらく狭いな」

「だから、そう言ったでしょう」ジラはもう一口パンをかじった。「外のほうがずっと楽しいのに」

「だが、あまり安全じゃない。ここにいるほうがいいんだよ」ダニエルは山羊《やぎ》のチーズをつまんだ。「外のことは忘れて、意識しないことだ。なにか話をしてくれ。テキサスの牧場暮らしは楽しかったか？」

「ええ、すばらしかった」ジラは静かに言った。「デイヴィッドにむこうに送られるまで、田舎にいったことがなかったの。子供のころはずっと祖母とマラセフに住んでいて、都会の暮らししか知らなかったから。広くてのびのびとしたところが最高だったわ。あそこでは息ができるの」表情が俄然、生き生きと輝きだした。「それに馬がいるでしょう。わたし、馬が大好きなの。十八の誕生日には、ジェスがすごくかわいいパロミノ馬を贈ってくれたのよ」

「ジェス？」

「デイヴィッドのお父さん。いろいろ教えてくれたの。乗馬に、投げ縄に……」

「そういうことに励んでいるあいだ、きみのデイヴィッドはどこにいたんだ？」

「セディカーンよ。わたしがザランダンを出てから、奥さんのビリーといっしょに何度か訪ねてきてくれたけど、ふたりの自宅はこっちにあるから」急にジラの顔から熱っぽい輝きが失われた。「わたしが言ったのは本当のことよ。デイヴィッドは友人で、愛人じゃない。信じてくれる？」

「信じるよ」ダニエルの唇がゆがんだ。「おれ自身、そうであってほしいと思っているからな。でも、状況としては不自然だということは、自分でも認めるだろう。下心なくして、十四歳の少女を自分の庇護のもとにおこうとする男がどれだけいる？　それも、きみのような見てくれの娘をね。国を出るとき、お母さんはなんと言った？」

「喜んではいなかったけど、それが一番だってわかってたから」ジラの視線が銀のシートに落ち、言葉がとぎれがちになった。「当時はひどい病気だった。だから、まわりはわたしをテキサスにやったほうがいいと考えたの」

「病気？」

ジラはうなずいた。「でも、もう平気よ」ダニエルが手にしたままのチーズに目をやった。「ぜんぜん食べないのね。お腹はすいてないの？」

「あまりすいていない」ダニエルは水筒を取りあげて、水を口にふくんだ。「まわりを壁でかこまれていると、どうも落ち着かない。そういうたちなんだ」ダニエルは水筒を差しだしたが、ジラが首をふったので、ふたたび蓋をしめて床においた。「もう終わりか？」

「ええ」ジラはパンとチーズをきれいにつつみはじめた。「もう十分食べたわ。今朝は、ハサンが朝食に果物をくれたの」不安に顔をしかめた。「あいつら、わたしたちを捜していると思う？」

「ああ、まちがいないね」

ジラは渋い表情をした。「正直はいいことだけど、いまぐらい、気が休まるような嘘をついてくれてもいいのに」

「嘘はだめだが、気が休まるのはいい」ダニエルはひざをついて、すばやくジラを胸に抱き寄せた。「おれもすこしは気を休めたい」ダニエルはジラの喉に唇をすりつけた。「ベルベットにふれているみたいだ。それに……」舌がそっと首の脈にふれる。「とてもおいしい味がするよ」

ジラはくすくすと笑った。「そういうのも、気が休まるっていうの？」あごの下のやわらかな肉をそっと歯でつままれて、秘密の官能の糸を引っぱられたように、ジラの胸の先が反応しだした。「わたしはあまり気が休まらないけど」

「だったら、癒されるということで我慢しないとな」ちらりとこちらをうかがうダニエルの目に、いたずらっぽい光がまたたいた。「認めるんだ、こうしてるととても癒されるって」

突然、大きな両手が乳房をつつみ、シャツのコットンの上から重みをたしかめてもてあそんだ。ジラが思わず息をもらすと、ダニエルの低い笑い声が聞こえてきた。「癒されるだろう？」

「今度、辞書を買ってあげるから、忘れないように言って」ジラはささやいた。「その言葉も合ってないわ」

ダニエルの人差し指が、円を描くようにシャツごしに乳首をなぞっている。巧《たく》みな指づかいが一周するごとに自分が硬くとがっていくのがわかった。

「比較の問題だよ。いましていることはその域だ」――息を呑むほど唐突に、シャツのボタンのあいだから指がすべりこんだ――「これにくらべたらね」

指でじかに乳首にふれられて、熱いものが身体を走りぬける。指が胸の先端を何度もこすり、やがて往復するたびに爪がそれをはじいた。「きみの辞書によれば、こういう感覚はなんというんだ、ジラ？」

これをあらわす言葉なんてない。じらすような指でふれられるたびに、ぞくぞくとして気が遠くなる。「ダニエル……」

こちらを見つめるダニエルの青い瞳が満足そうに細まった。「これが好きなんだろう。その表情がいい。その顔が、おれの指の効果だとたしかめたいね」

そう言うと、両手ですばやくボタンをはずし、シャツを肩から銀のシートのほうへ引きおろした。「ああ、こうしたかったんだ」ダニエルの視線に愛撫されると、手でふれられたときとおなじような切ない感触があった。「かわいい胸だ。黄金色とピンク。かすかに熱をおびている」ジラを引きよせ、自分の胸のやわらかな赤毛に甘くこすりつけた。「おれの夏の娘《サマーガール》」

「なんですって？」ジラはよくわからずに聞き返した。

「なんでもない」ダニエルはにごした。頭がさがってきて、舌がそっと胸の先を愛撫する。ジラの身体を熱いふるえが走りぬけた。唇で強く吸われると、思わず身体がのけぞって喉から小さなあえぎがもれた。

ダニエルが顔をあげて、長々とふるえる息を吸いこんだ。「くそ。なかにはいりたい。昇りつめて注ぎこむタイミングで、いまの声を聞きたい。突いたりひねったりして、隅々までおれのものにするんだ。しまって吸いついてくるのを感じたい」

「ダニエル！」

ダニエルは冷静になろうとするように頭をふった。「大玉の花火を打ちあげそうな勢いだな」ダニエルは苦笑した。「じつは、小さいやつはあまり好きじゃないんだ」

「そうでしょうね」——心臓があまりに激しく鼓動していて、うまくしゃべれなかった。「話してて、そう思ったわ」

「言ったとおりだろ。おれはわかりにくい男じゃない」ふいに不安な顔をした。「ときどき、言うことがあからさますぎることもある。気を悪くしたか？」

「ううん」興奮させてくれた。ジラは細く息を吸った。「気にしてないわ」

見透かすような視線がジラにむけられた。「あれが好きなんだな」ダニエルはにっこりと笑った。「それに、おれのことも好きだ。いい相性だ。そうだろう、ジラ」

「ええ、たぶんそうだと思う」ジラは笑い返したが、視線がまじわったとたんに、急に喉が締めつけられた。ふたりを取り巻く世界が縮《ちぢ》んで、星のようなきらめきをいくつもたたえた暗い親密な空間が、この世のすべてと化した。ジラはダニエルから無理に視線を引きはなした。「わたしもわかりやすい人間かもしれないわ」

「横になって」

びっくりしてジラは相手の目を見た。

ダニエルはやんわりと笑って、首をふった。「花火はなしだ。小さな爆竹もなし。腕のなかで眠るだけだ。それなら、ふたりともいやじゃないだろう。どうだ？」

ジラは喉をつまらせながらうなずいた。「いいわ」身体を丸めて後ろ向きに抱かれると、ダニエルの胸はあたたかくて頼りがいがあって、裸の背中を優しいクッションで支えてくれた。ダニエルの両手が左右の乳房を愛《いと》しそうにつつんだ。彼の腕に、ジラの髪がシルクのように垂れた。

大事にされている。どっと押しよせる疲れに呑まれそうになりながら、そんな言葉がふいにジラの脳裏にうかんだ。欲望もいまも静かにくすぶってはいるが、一番感じるのは、大事にされている幸せな心地よさだった。荒々しい勢いでジラの人生に乗りこんできた危険な男だというのに、腕につつまれながらこんな思いを感じるとは、なんて意外だろう。大事にされ、守られ、そして……。

ジラは暗闇のなかで目を覚まし、なにかが妙だと不安になった。でも、いったいなにが妙なのだろう？　ジラは眠気の抜けない頭で考えた。自分はいまもダニエルの腕にしっかりとつつまれていて、彼のあたたかな寝息が耳をくすぐっている。そのとき、違和感の原因に気づいて、ジラの眉間にしわが寄った。ダニエルはしゃくりあげるようなつらそうな呼吸をしていて、ジラを抱く腕が小刻みに揺れているのだ。まるでマラリアにかかったような震えかた！　そう思ったとたんに衝撃が走り、目がはっきりと冴えた。

「ダニエル？」ジラは起きあがろうとしたが、突然ダニエルの腕に力がはいって引きもどされた。「どうしたの？」

「なんでもない」歯ぎしりしながらしゃべっているような、不自然な言いかただった。「さあ、寝るんだ」

「なんでもなくない」ジラは食いさがった。「病気なの？」

ダニエルは短く笑った。「腰抜けのことを病気というなら、たしかにそうかもしれない」

「腰抜け？　なんのことを言ってるのか、ぜんぜんわからないわ」ジラの不安はますますつのった。「ダニエル、どうしたの？　ねえ、怖がらせないで」

ダニエルは深呼吸をした。「怖がらせるつもりはまったくないよ。心配することはひとつもない。たんに精神的な問題だ。言っただろう、閉ざされた場所が苦手だって。コントロールできるつもりでいたが、暗いなかで目を覚ましたら、またぶり返したようだ。こういうことはたまにあるんだ。すぐに落ち着く。気にしないで眠るんだ」

「ねえ、はなして、ダニエル。あなたをほうっておいて、このまま眠るなんて無理。そんなことはできないわ」わずかに腕がゆるんだすきに、ジラは寝返りをうってダニエルのほうをむいた。大昔から母親たちがしてきたように、ジラは本能的にダニエルの腰にそっと腕をまわした。「ねえ、なにが問題なの？　わたしに聞かせて」

あたりは漆黒《しっこく》の闇につつまれていた。闇はふたりをほかのすべてから切り離すとともに、ふたりを驚くほど親密に結びつけた。宇宙に浮いているというのはこんな感じにちがいない。ジラはそんなことをぼんやりと思いながら、ダニエルの背中や肩のこわばった筋肉を優しくさすりはじめた。

「ねえ、どうしてなの？」ジラはそっとたずねた。「重い閉所恐怖症があるんだったら、どうしてわたしたちはこんな洞窟のなかにいるの？」

「理由なら話したはずだ」ダニエルは唇をジラの髪に押しつけていて、声がほとんど聞き取れなかった。身体をおそう痙攣《けいれん》を必死になって我慢しているのだ。それでもときどき、全身をぶるっとふるわせた。「自分の弱さを理由に、危険な状況をさらに危なくするつもりはない」奥歯のあいだから言った。「こうなってから、もうずいぶんたつんだ。コントロールできると思っていた」

「きっかけはなんだったの？」

「何年も前のことだ。おれは革命派のグループの手で、砂漠のどまんなかにある土でできた狭い小屋に監禁された。半年がたって、ようやくクランシーが敵を蹴散《けち》らして救いだしてくれた。おれは精神的にぼろぼろになっていて、セディカーンを数年間はなれることにした。それでしばらくは帆船の船長として世界をめぐって、その後ふたたびクランシーの仕事にもどった」

「船長だったの?」ジラの目が好奇心で丸くなった。

「海には壁がない」ダニエルはそっけなく言った。「おれにはそういう環境が必要だった」

痛ましい思いに胸をつかれ、ジラはあふれる涙を止めることができなかった。いま口をひらけば、心に感じている同情が相手にも伝わってしまう。ジラは同情が嫌いだったし、ダニエルが自分の弱さをさらけだすことをとても嫌っているのもわかる。まるで他人事のような口ぶりの説明だったが、思わず身ぶるいが出るほど、短い言葉から過去の恐ろしい経験がありありと伝わってきた。ダニエルのような性格の男にとって、そんな長い期間の監禁がどれだけつらいことだったか。何年もたったいまでも後遺症をわずらっているのは明らかだ。それなのに、ジラの命の危険をすこしでも減らすために、自分がひどく苦しむとわかっている道を選ぶことを厭《いと》わなかった。「そういうものを求めた気持ちはわかるわ」ジラはかすれた声で言った。「でも、あなたってなんてばかな男なの、ダニエル・シーファート」ダニエルにまわしていた腕に無意識に力がはいった。すでに痙攣は止まっていたが、背中と肩の筋肉は緊張で凝りかたまっている。ジラは手でさすって、マッサージをしてほぐそうとした。

「もう大丈夫よ。あなたは寝て。はなさないから。朝が来るまでこうしていてあげるから」

「きみが?」笑い声からはかすかに自棄《やけ》になったような色が感じられた。「あまりいい考えじゃなさそうだ。この状況ではね」耳の下からは心臓がどくどくと鼓動を打つ音が聞こえ、たくましい胸の裸の素肌がジラの頰を熱くこすった。「いまは、自分をコントロールできていない」

「だれにだって、コントロールできないときはあるわ。それは、恥ずかしいことじゃない。あなたの力になりたいの」ジラは優しく言った。「だってわたしのために、ずいぶん力をつくしてくれたでしょう。わたしもお返しがしたい。気が休まるように慰《なぐさ》めてあげたいの、ダニエル」

「おれがいま求めている慰めは、きみが考えているようなことじゃない」声はジラの髪にさえぎられてくぐもって聞こえた。あたたかな吐息が耳をくすぐった。「それに、おれに恩を感じる必要はないさ。何度言わせるんだよ」胸が呼吸で上下に不規則に揺れている。「はなしてくれ、ジラ」

「だめ。あなたを助けたいの」ジラはやんわりと言った。「どうやったら一番助けになるのか教えて」

「ジラ、たのむから口を閉じろよ」ダニエルは歯軋《はぎし》りしながら言った。「いちいち、説明しないといけないのか？　二分以内にはなれなければ、服を脱がせて分け入ることになる」いきなり両手をジラの尻にあてて、自分の硬くなった部分に思いきり押しつけた。「きみを抱きたいと思いながら眠りについて、目が覚めたら、障害がすべてなくなっていた」吐息まじりにささやきながら、ゆっくりとじらすようなテンポでジラを自分にこすりつけ、ジラの奥深くに熱いものを芽生えさせた。「いま考えられることといえば、なかにはいったときの感触とか、おれの舌でなぞられて硬くなる乳首のようすだけだ」話しながら、ダニエルの手が尻をつかんだり、はなしたりをくり返している。たくましい胸板にじかに押しつけられた自分の胸が、まるで命令を受けたように張っていくのがジラにはわかった。これは命令なのだ、とぼんやりと思った。男と女のあいだのもっとも基本的な命令。ダニエルのやわらかな胸毛が彼の荒い呼吸に合わせて素肌にこすれ、くすぐり、誘い、ジラを親密なつぎの段階へ導いていく。「裸のきみを肌であじわいたい。それから脚を押しひらいて愛撫する。きみを感じさせて濡《ぬ》らしてやりたい」突然、ダニエルの歯が痛いほど強くジラの耳たぶを噛《か》んだ。「くそ、なぜ止めないんだ」ダニエルが投げやりに言った。「このままじゃ、ほんとに抑えられなくなる」

暗闇が漆黒の水のようにジラをつつみこんでいて、肌の感触と、興奮と、ジラを求めるダニエルの欲望以外のものすべてを、忘却のかなたへ運び去ったようだった。ちがう、ダニエルだけの欲望ではない。ジラはそのことに気づいて軽いショックをおぼえた。慰めたいという思いに駆られた母性本能とおなじような、原初的な強い気持ちで、わたしもダニエルを求めている。そんな感情がどうしていま……。ダニエルのふるえが伝わってきて、疑問や驚きが闇に流れていった。恐怖でなく、欲望のふるえだ。ジラはまるで竜巻の中心にとらえられて、それまでなじんでいた世界から運び去られるようだった。現実として意識できるのは、彼の言葉、彼の愛撫のひとつひとつが呼び起こす興奮だけだった。

「たぶん、わたしもあなたを止められない」ジラは弱々しく言った。「そうしたいとも思わない」

動きが止まった。「ああ、そんな台詞を口にするなよ」

手にふれている筋肉がこれ以上硬くなることがあるとは思わなかった。いまにも地上に落ちそうな雷のように、ダニエルの身体のなかでしだいに緊張が高まっていく。「こんな状況は望んでいなかった。奪うことしか知らない荒くれ者でないところを見せるつもりだった」

いきなり手が動いて取りつかれたようにジラのジーンズのファスナーをはずしだした。「優しくできるかも自信がない」

「優しくされたいなんて、思わない」どっちでもよかった。相手がダニエルが求めるものをすべて捧げたい。請われるよりも前に、求めているもので満たしてあげたい。ジーンズとその下のショーツを一気にはぎとられ、ジラは暗闇のなかに一糸《いっし》まとわぬ姿をさらしていた。どんなにふれてもまだ足りないように、ダニエルの手がジラの身体をむさぼる。ふたつの大きな手でやわらかな乳房をわしづかみにし、名残りを惜しむようにゆっくりと身体の側面をなでた。柔肌にふれる硬くごつごつした指。紙やすりとシルク。ふれられるそばから、神経や肌がぞくぞくとうずいて目を覚ましていく。指はお腹のあたりにとどまってへそのなかをもてあそび、反対の手が下腹部に伸びた。やがてダニエルは女性の部分を守っている巻き毛に指をからめてそっと引っぱった。「脚をひらいて」にごった声で言った。「お願いだ、ジラ。これ以上待てない。なかにはいりたい」

ジラもこれ以上待てそうになかった。どうしてこんなに濃い闇のなかに、ジラの息を奪い快感に狂わせるほどの、燃えあがる火と、揺らめく炎が存在できるのだろう？　脚が本能的に誘うように気だるくひらいた。命令され、応え、報《むく》いを受ける。

報い。命令に従ったことの甘くとろける報いを受けて、ジラは切なく息を呑んだ。ダニエルの両手が愛おしむようにジラをさぐり、欲望の波にジラの身体がよじれた。

「きみのここのところは、ものすごく熱くて、魅力的だ」ダニエルがつぶやいた。「見えないのが残念だよ。ランタンをつけたいが、その間すら惜しい」指がふいに快感のつぼをさぐりあて、円を描くような愛撫を受けてジラは小さくあえいだ。

腰が古代からの捧げもののように持ちあがった。ダニエルのかすれた笑いには、満足が聞き取れた。「おれのことがほしいか？　いま、すぐに？」

「いますぐ」喉が締めつけられて、言葉を出すのがやっとだった。興奮に火がついていた。息を吸うことさえつらい。苦しいほどのもどかしさに、なめらかな銀のシートの上で頭が前後に動いた。暗闇、愛撫、炎。

「よし」ざらついた声で発せられた言葉の勢いに、まぎれもない男が感じられた。手がどけられたのがぼんやりとわかる。ダニエルが夢中になって自分の服をはぎとるあいだ、ジラが感じるのは暗闇と、脈打つ熱い欲望だけだった。

飢えた興奮で身体がふるえた。満たされたくてうずいた。ほんの一瞬経験した愛撫が恋しくて、下腹部の筋肉がきゅっと縮むのがわかった。

すぐに手がもどってきて、太ももを分けてそっと素肌をさすり、抑制された荒々しさをかすかに感じさせながらジラを押しひらいた。ダニエルが脚のあいだに移動する。やわらかな太ももにふれるダニエルの脚のたくましい筋肉は、硬く張りつめている。ジラにのしかかろうとする大きな身体は見えないが、そのことでいっそうエロチックな興奮をかきたてられた。

胸をおおう赤い毛、色気をただよわせた気だるい表情、となりにいると自分が小さくて無力に思えてくる巨大な身体は、心の目でしか見えない。姿は見えなくても、ジラのまんなかに迫りくる彼を感じる。ほんのつかの間、古い記憶がよみがえって緊張が走った。そして、すぐに消え去った。なぜなら、過去をふり返ってみても、いまの経験とちっとも似たところが見あたらないからだ。新しい経験。なにもかもが明け方のように無垢《むく》で新鮮で、すべてが一から新たにはじまるようだった。これもまたダニエルの魔法だ。

ダニエルは大きなもので傷つけないように、注意深くジラのなかにはいった。彼の気遣いと苦しいほどの高ぶりが、ジラにも伝わってくる。呼吸が荒くなっている。ジラが望んでいると信じている優しさを示そうと、がんばっているのだ。そう気づいて、胸にあたたかいものがわいた。我慢するのはつらいはずなのに、それでもジラを思いやっている。それなら、わたしもダニエルに思いやりで応えたい。ダニエルにつくし、あげるものがなにもなくなるまで、持っているものをダニエルに差しだしたい。激しくて速いのがいい。そう、ダニエルは激しくて速いのが好きだと言っていた。

ジラはいきなりダニエルの腰に手をおいて、引きしまった肌に爪を立てた。「ダニエル」暗闇のなかにそっと甘い声をもらす。「もっと」腰を前に突きだして大胆にダニエルを呑みこむと、彼の口から低いうめきがもれた。ジラも声を出したかったが、痛がっていると誤解されたくはない。ダニエルがいっぱいにはいっている。内側が引き伸ばされるほどぴったりと合わさっているのに、それでももっと満たされたくて脈打っている。「もっと……来て」なんとかして言葉を口にした。

「天国にいるようだよ、ジラ」ダニエルが身をふるわせた。ジラは自分の内側でそれを感じて、身体の隅々にまでぞくぞくとした興奮が走った。結ばれている。ぴったりと重なり、ひとつに溶けあって。「燃えあがりそうだ。こんな思いははじめてだよ。自分を解放するのが怖い。きみを傷つけてしまう」

「傷つかない」腰をつかんだ指に力をこめた。「平気よ、ダニエル」

「そう願うよ」ダニエルから立ちのぼる力が暗闇のなかに見える気がした。雷のようにエネルギーが満ち満ちていく。「もはや自分を抑えられない」

ダニエルの身体が前にとびだすと同時に、抑制が荒々しさに変わった。ジラが心のなかで重ねあわせた熱く猛々《たけだけ》しい稲妻のように、ダニエルは強く美しくジラを抱いた。激しく突くたびにジラが跳ねあがり、ダニエルは情熱が去ったあとも離ればなれにならないことを望むように、ぴったりと合わせた身体の奥に自分をねじこんだ。

腰をふりながらしきりにささやくダニエルの言葉が、ぼんやりと聞こえる。すてきだ、気持ちいい、あとでべつのやりかたで愛してやる。そうした言葉は彼の動きの激しさに劣らず荒っぽくて野性的だった。ショッキングなほど卑猥《ひわい》だったり、そうかと思えば母親のキスのように優しくなったりする。ジラは情熱に情熱で応えてダニエルに貢献したかったけれど、いったん抑制を解かれた彼にはとても追いつけなかった。まるで嵐のようで、ジラは大風にさらわれ、山の峰から峰へと突き飛ばされ、そうしながらも力の中心がジラをとらえてはなさなかった。

だれにも止めることのできない稲妻のごときエネルギーと強さ、屈することのない美しさ。それがずっとつづくはずはない。それでも終わらなかった。一瞬が過ぎる。永遠がおとずれる。漆黒の闇。炎。ふたたび稲妻が走る。身体の芯を焼き焦がすようなショックに息が止まり、そして、たたみかけるようにふたたびダニエルの力がおそい、小波《さざなみ》が身体にひろがる。ダニエルの力。ひとりの男のなかに、こんなにもエネルギーが満ちているなんて。ジラは夢中になって思った。美しくて、原初的な欲望にあふれ、そして――ジラはそれ以上考えられなかった。稲妻の最後の青白い光が放たれ、その力の源にいる男だけを残して、炎と闇と、この世のすべてのものを呑みこんだ。

ダニエルからうなり声があがり、重い体重がのしかかってきた。心臓がなかからとびだしそうなほど激しく打っている。それとも、これはわたしの胸の鼓動？　どちらかはわからなかった。ふたりは身も心もぴったりとつながっているから。ダニエルは身体を横にどけたが、その後も独り占めしようとするように、しっかりとジラを腕に抱いていた。

「痛くなかったか?」ぶっきらぼうな言いかただったが、思いやりが感じ取れた。「あんなに荒っぽくするつもりはなかったんだ。つい、熱くなってしまった」

痛かった? 痛みを感じたのかそうでないか、わからなかった。ジラにとっては感覚の区別がつかなくなるほどの、世界を揺さぶられる経験だった。ダニエルがはなれると、脚のあいだにかすかな違和感があったが、それがひりつく痛みなのか、もう一度満たされたくてわなないているのか、わからなかった。「大丈夫よ」

「それは嘘じゃないね?」ダニエルの手が伸びてきて、ジラの太ももを愛しそうに優しくさすった。「とても気持ちよくて、きみの隅々まであじわいつくしたいと思った」自嘲的な声で言った。「たぶん、そのことで頭がいっぱいになってしまったんだ。つぎの機会には、もっと紳士的にふるまうように努力するよ。ごらんのとおり、おれはそういう役柄に慣れていないようでね」

「ぜんぜん気にしていないわ」あまりにも舌足らずな言葉だった。ジラはうまくしゃべれず、閉じたまぶたの下では、涙で目がちくちくとした。自分がすばらしい贈りものをもらったと、どうやったら伝えられるだろう? 最後の癒し。その癒しが、時間のどこかに足止めをされていたかのように、暗闇のなかから突然にあらわれた。ダニエルのことを慰めてあげたいという欲求が、身体も捧げたいという気持ちにすんなりとつながった。捧げること。それが鍵なのだ。恐ろしいのは奪われること。捧げることは美しい。捧げることは愛。唇の端が自然にあがって、ダニエルに見えない暗闇のなかで、ジラの顔に輝くばかりの優しい微笑みがうかんだ。ダニエルはそうした美しさも与えてくれた。ダニエルは海の嵐のように荒々しくて激しかったが、奪うだけではなく与えてくれた。ジラ自身があえてたきつけたのに、ダニエルは激しかったことをどうしてそこまで心配するのだろう？「あなたは気持ちが動揺していたしね」

ダニエルの身体がこわばった。愛しそうになでていた手が止まり、どこかへどけられた。「だから同情したということか」抑えた怒りを感じさせる口調だった。「おれに同情したってわけか！」

「ちがう」ジラは反論した。「いいえ、そうかもしれない。同情はしたわ。あなたの力になりたいと思った」ダニエルが寝返りを打ってはなれた。暗闇のなかでごそごそと動いて服を着る音がした。「でも、だからといって——」

「だからといってなんだ。同情は同情だ」まくしたてるように言った。「それに、とても感謝しているとも言っていたな。とても感謝してるから、労をねぎらうためにちょっとチップを与えることにした」

「チップ？」ジラはそうした言葉を選ぶダニエルに対して、怒りがひろがるのを必死にこらえた。身体を起こした。「そういうチップをわたしがわたすことはないわ」声が苦痛で張りつめた。「どう思っているか知らないけど、わたしは娼婦じゃない」

「くそ、まただ」ランタンの灯りがともり、ダニエルが目の前でひざをついていた。すでにシャツ以外のものを身につけている。赤い髪はくしゃくしゃに乱れ、心配そうに細めた目で一心にジラを見つめていた。「またしてもきみの心を傷つけてしまった、そうだろ？　悪かった。おれのくだらないプライドのせいだ。哀れみの対象になると思うと我慢ならないんだ。むかしの記憶がよみがえるから」

「記憶って？」

ダニエルが肩をすくめると、ランタンの明かりが投げるなめらかな陰影が、裸の肩の上で躍った。「おれは六歳のときから孤児だった。請け合ってもいいが、そういう経験があれば、施しを受ける側になることを好きにはならないだろうよ」ダニエルの視線がジラの身体の上を泳ぎ、ついいましがた愛撫したやわらかなベルベットのくぼみを、取りつかれたように凝視した。ダニエルは急に乾いた唇を舌で湿らせた。「だが、しかるべき条件さえそろえば、そうした考えを変える用意はある。きれいだよ、ジラ」

視線で愛撫された場所が、さきほどまでのようにうずきだした。「ずいぶん簡単に意見の揺らぐ人ね」

「いや、それはちがう」視線がジラの顔にもどり、驚くほど真剣な顔でこたえた。「おれは北極星のごとく揺るぎない。いったんこうと決めたら、それを貫く。憶えておくことだ」

またしても濃密な空気にからめとられて、一瞬、身動きがとれなくなった。ジラは必死にダニエルから目をはなして、ふたりがすわる銀色に光るシートに視線を落とした。「わかった」ふいに恥ずかしさがおそってくる。さっきまでしてきたことを考えると、いまさら急に恥ずかしくなるのも妙なことだった。ジラはダニエルの手で脱がされた青いシャツを取って、急いではおった。「哀れみの対象だと思ったわけじゃないわ。助けになりたかっただけ」目をあげると、ダニエルがこちらを見つめていた。「いまもそう思ってるわ」大きく息を吸って視線をそらし、残りの服をつかんで急いで身につけた。「哀れんでいると思われても、そうでなくても、やりたいことをやらせてもらうわ。さっきも言ったけど、あなたってずいぶんばかな男ね、ダニエル」

ダニエルの眉間にしわが寄った。「ばかな男？　つまり、どういう――おい、なにをしてる？」

ジラはひざまずいて手早く荷物をバックパックにつめながら目をあげた。「荷造り。ここを出るの。シートとランタンを持ってくれる？」言いながら、バックパックを引きずって、入口のほうに這い進んだ。

「ジラ、なにをしてる、もどってこい!」

「絶対にいやよ」肩ごしに言った。「わたしの身を守ると断固決心したんなら、それを空の下でやって」ダニエルが口のなかで毒づくのが聞こえたが、ジラは気に留めずに無視した。洞窟の入口にもうけられたバリケードを乗り越えるころには、ダニエルはすぐうしろまで追いついてきた。ランタンの灯りが照らしだす表情は険《けわ》しかった。「ジラ、これは正気なやつがすることじゃない。洞窟のなかにもどれ」

「眠れずに、ずっとあなたの心配をしてろっていうの?」ジラは首をふった。「もしわたしがいっしょじゃなかったら、危険を覚悟で外で寝るくせに」

ダニエルが静かになった。「おれの心配だと?」

「そう、心配してるの」ジラは優しくくり返した。「たぶん今後は、ますます気をもむと思うわ、ダニエル」ジラは腰をおろしてごつごつとした断崖によりかかった。「とりあえず、ここにすわって腰を落ち着けてくれたら、ランタンを消せるのに。ハサンに見つかることを恐れているくせに、ずいぶん不注意ね」

ダニエルはとなりにどさりと腰をおろしたが、表情は厳しいままだった。「ジラ、きみは自分がやろうとしていることの――」

ジラはすばやくダニエルの唇を手で押さえた。「ねえ、以前わたしが苦しんでいたときにデイヴィッド・ブラッドフォードに言われたことを話してあげる。彼はこう言ったの。〝おまえの痛みが理解できると言うつもりはない。悲しみや痛みの感じかたは、性格によって人それぞれだ。でもおまえにその気があるなら、それを分かち合おうじゃないか。心をひらいて、肩の荷をこっちにわたして、手を取りあってのりきっていこう。それが友達というものだよ〟」ジラの瞳が優しく輝いた。「そしてわたしたちも友達よ、ダニエル。今夜は洞窟にいてあんな関係になったけど、わたしがそれ以上のことを期待する立場にないのはわかってる。重荷に感じたり、わずらわしく思ったりしてほしくないの。あなたの人生のなかで、わたしが特別な意味を持たないのはわかってるから。どんな女がいっしょでも、たぶん、あなたはおなじことをしたかもしれないでしょう。男は女とちがって、セックスをそこまで精神的に重要なものだと思ってないものね」ジラはかすかにふるえる声で笑った。「でも、わたしたちのあいだに友情はあるでしょう。おたがいの境界線をいくつも踏み越えないかぎり、今日のような事態を切り抜けられたはずがないわ」ジラはダニエルの肩に頭をあずけて、安心しきった幼い子どものように甘えた。「だから、気に入ろうが入るまいが、わたしたちはいまは同志なのよ」

ダニエルはランタンのスイッチを切ると、しばらくは黙っていた。「おれは……気に入ってるよ」大きな手がジラの髪をなでた。「大事な友よ」

「よかった」ダニエルがふたりの上に銀のシートをかけようとしているのを、ジラはぼんやりと感じた。「じゃあ、もう眠りなさい。ハサンのことは明日心配すればいいわ」

「承知しました」従順な声の奥には、どこか茶化すような響きがあった。

そのせいでジラの満足感が薄まることはなかった。人から必要とされるということは、ほんとうにすばらしい。ジラは夢うつつに思った。この何年ものあいだ、自分はずっと必要とする側だった。周囲は、一度壊れて修理はされたものの、いまも取り扱いに特別な注意が欠かせない繊細な磁器をあつかうようにして、ジラに接してきた。それがダニエルといっしょだと、与えられるだけでなく、自分が与えることもできるのだ。とても支配的で強引な人に見えるけれど、そんなダニエルに必要とされている瞬間があると思えるのは、なんてすてきなことだろう。

ジラはあっという間に眠りに落ちたが、ダニエルは仮眠をとろうとはしなかった。すぐ手のとどく場所にライフルもあり、まずは安全だと思ってはいたが、ジラをよけいな危険にさらすつもりはなかった。夜が明けるまで寝ずの番をし、眠っているジラを守ろう。ダニエルは口にうっすらと微笑みをうかべて、ジラのこめかみにそっとキスをした。気を引きしめて、しっかりと守りぬくのだ。

特別な意味を持たない――。ダニエルを土台から揺さぶった経験をさして、ジラが言った言葉だ。彼女は無理をしてものわかりのいい大人の女を演じている。ふたりのあいだにあったことがダニエルにとってたいしたことじゃないのはわかっている、と大まじめに力説するジラの言葉を聞きながら、ダニエルは優しい思いと憤《いきどお》りに引き裂かれた。たしかに以前のダニエルにとっては、肉体的な満足以上の意味はなかったかもしれない。けれど、それはジラと会う前までのことだ。質問と答えを同時にうかべている、澄んだ真剣な瞳をのぞきこむよりも前、夏の微笑みを見る以前のことなのだ。その微笑みに、今後はすべての季節の愛しさを感じることだろう。

だが、ジラに自分とおなじような思いを期待できるはずもない。重荷になりたくないとか、そうした戯言《ざれごと》を連ねながら、ジラは現に身を引こうとしていたではないか。ダニエルは一夜の情事の相手を抱くときでさえ、今回以上の気遣いやテクニックを示してやるのがつねだった。だから、どうしてジラを責めることができる？　自分は抑制を失っていたわけで、完全に拒絶されなかっただけでもありがたいと思わねば。ジラには考える時間が必要だ。もし自らの意志でダニエルのもとへ来てほしいと望むなら、猶予《ゆうよ》をあげないわけにはいかないのだ。しかし、彼女を抱いた味を知ってしまったいまとなっては、それは簡単なことではない。ジラが荷物をまとめて洞窟から這って出ようとしたときでさえ、もう一度抱きたい衝動がつのっていた。それにしても、強引なことをする女だ。強引で、かわいくて、思いやりがある。

ダニエルは岩壁に頭をつけてよりかかり、野の草とタマリスクのつんと香る、甘いあたたかな空気を吸いこんだ。ジラにまわした腕に無意識に力がはいる。今夜、ダニエルは自分の幸運を噛みしめていた。人生のどの日よりも幸運に恵まれている。この先にどんな未来が待っているのか、こんなふうに楽しみに感じるのは久しぶりのことだった。とりわけ友達となったジラが恋人でもあると認めるそのときが、待ち遠しくてしかたがなかった。

4

　ジラが目をあけたとき、あたりはまだ暗かった。ジラを抱いていたダニエルの腕はいつの間にかどけられていて、黒っぽい大きな影がこちらをのぞきこんでいた。

「もう起きる時間なの?」ジラはあくびをしながらたずねた。「まだ真っ暗じゃない」

「すぐに明るくなるさ。荷物をまとめたり、顔を洗って眠気を覚ましたりしているうちに、移動に十分なくらい白んでくる」ダニエルは袖なしのアンダーシャツにすばやく腕をとおした。「シーク・エル゠カバルの屋敷までは二時間以上かかるが、日が高くなる前に到着したい。丘陵地帯を抜けたあとは、また砂漠が待ってるからな」ダニエルはペンライトをジラのひざの上にほうった。「荷物をつめているから、そのあいだに川にいってきたらどうだ」

　ジラは気だるく伸びをした。「そうするわ」立ちあがろうとしたが、筋肉が凝りかたまって思うようにいかなかった。「脚がまともに動くまで、しばらくかかりそう。いまからほぐしておいたほうがいいみたいね」ライトのスイッチを入れてダニエルを照らした。いつ見ても驚かされる大きな身体だった。赤毛はくしゃくしゃに乱れ、大きく襟《えり》のあいたアンダーシャツからは赤茶色の胸毛がわずかにのぞいている。あふれんばかりの活力をみなぎらせていたが、顔には疲れがういていて、とくに目じりの深いしわに疲労の色が濃く出ていた。「すこしは眠ったの？」

ダニエルは首をふった。「きみは抱き心地がよかったからね」軽い口調で応じた。「寝る間を惜しんであじわってたんだ」ダニエルは首をかたむけて、おどけてお辞儀をした。「命に背いたこと、なにとぞお許しを」

「ふん、知らないわ」ジラは笑いを嚙み殺しながら背をむけて、タマリスクの茂みをめざして斜面をくだりはじめた。ふりむいて、肩ごしに言った。「あなたはまちがってもチームプレイヤーじゃなさそうね、ダニエル」

「この手のミッションに、クランシーがチームプレイ向きの人間を送りこむことはあり得ないね」ダニエルは目を輝かせながらのんびりと言った。「それに、もしおれが選ばれなかったら、あんなことも、こんなことも経験できなかった」

ジラはくすくすと笑った。「派手な爆破があったり、うしろから撃たれたり、テロリストに追われたり。退屈じゃなかったのは認めるわ。これが終わったら、人生がちょっとつまらなく感じるかもね」

「だったら盛りあげる方法を考える必要がありそうだな」ダニエルはジラを横目で見た。「よさそうなアイディアがいくつかある。打ちあげ花火のことを忘れているだろう」

ジラはやんわりと微笑んだ。「憶えているわ。あなたの花火はそう簡単に忘れられるものじゃなさそうよ」

沢までおりて水辺の平らな岩場にひざをついたときも、ジラの顔にはまだ笑いが残っていた。ダニエルが人生にあらわれてから、ずいぶんとたくさん笑った気がする。こんなふうに自分の内側から人生の喜びがわきあがってくるなんて、何年ぶりのことだろう？ 喜びの泉は、あのすべてを変えた経験をきっかけに、永遠に動きを止めてしまったと思っていた。心の安らぎさえあれば、それだけで十分にありがたいと思っていた。

ふんわりしたパイルのタオルに思いを馳《は》せながら、ハンカチを使って顔と首をぬぐった。あとは歯ブラシと、熱いシャワーがあれば……。

そのとき、ジラは痛みを感じて悲鳴をあげた。

あまりに痛すぎて、最初は、その痛みのもとがどこなのかさえ、わからなかった。どこもかしこも痛い。身体じゅうがじんじんする。気がつくとジラは、ひとりではどうすることもできず、べそをかいていた。

「ジラ、おい、なにがあった？」ダニエルがとなりにひざをついていた。ランタンをつかんで腕を乱暴に突きだして周囲の茂みを照らしだし、反対の手にM1を構えた。

「わからない」涙がぽろぽろと顔をつたった。「でも痛いの！」

「どこが？」

ジラは朦朧《もうろう》とした霧につつまれながら、なんとか意識を集中して痛みのもとをさぐった。

「足首。右足の。たぶん」ダニエルの肩につかまって爪を立てた。「でも、わからない。痛いの、ダニエル！」

「よしよし、痛いのか、いま見てやる」ダニエルはランタンを動かして、脚からつま先の方向へ光で照らしていった。

「くそ、こいつか！」

「なんなの？」ダニエルの声にあらわれた動揺があまりに大きかったので、ジラはめまいと闘いながら彼の肩の下をのぞきこんだ。ぞっとした。生まれてはじめて見るほど気味の悪い生きものが、ジーンズのふくらはぎを這いあがってきている。

すぐにダニエルがM1の銃身でそれをはらい、握りの部分を使って石の上でひねりつぶした。ダニエルは立ちあがってライフルを肩にかけると、ジラをかかえあげて洞窟にむかって足早に斜面をあがっていった。

「いまのはサソリでしょう？」ジラは目をつむってつぶやいた。「あれに刺されたのね」

「そうだ、サソリだ」ダニエルは険しい口調で認めた。「ふつうは、こんな水辺は好まない。おそらく、岩の下から出てきたんだろう」

「毒があるんでしょう?」ジラは唇を舐めて言った。「わたしは死ぬの、ダニエル?」

「まさか! 大丈夫だ、ジラ。大事には至らない」

「いまのところはそんな感じだけど、もう手遅れな気もするわ」頭が朦朧として、痛みの波の上をゆらゆらとただよっているようだった。「ぞっとした」

「なんだって?」

「サソリよ。気持ち悪かった」

「それ以上しゃべるな、ジラ」ダニエルがかすれ声で言った。「じきによくなる。いまはなにも考えるな」ジラをおろして断崖によりかからせ、そばにひざまずいた。右足のジーンズの裾《すそ》をまくりあげて、ダニエルは息を呑んだ。足首がすでにふだんの二倍くらいにまで腫れあがっている。急いでテニスシューズをむしりとり、白いソックスを脱がせた。

「ハンカチはどこへやった?」ダニエルは返事を待つまでもなく、ジラの手にいまもにぎられている布を見つけて奪いとった。「毒がひろがらないように縛るぞ。あまりきつくはしないよ。血のめぐりがゆっくりになれば、それで十分だ。あとは経過を注意して見て、ときどき緩める」ダニエルは声をかけながら、足首のすぐ上にハンカチを巻いて縛りつけた。「医者に診せるまで、毒がまわらないようにすることが大事だ。最初の痛みはじきに引くはずだ。だがその後に熱が出ることもある。そうなっても心配することはないからな」

「サソリの毒についてずいぶん詳しいみたいね」ジラは弱々しく言った。「クランシーのエージェントになるには、そういう知識も必要なの？」

「これにかぎっては、自分で学んだ」ジーンズの裾を下までおろした。「おれを小屋に監禁した連中の大好きな娯楽が、ヘビやサソリを投げこんで、おれがそいつらと格闘するのを見物することだった。だから解放されたあとに毒を持つ生物について、学べるものをすべて学ぶことにしたのさ。あんなふうに手をこまねいているだけの無力な状況は、二度とごめんだ」

かわいそうなダニエル。どんなに恐ろしい経験だったことか。それに、悲劇につながりかねないおぞましい場面を、ほかにどれだけくぐり抜けてきたのだろう？　苛酷な人生を歩んできた屈強な男。それでも優しさもあって、ユーモアと思いやりを忘れなくて……。痛みで朦朧として、考えるのがひと苦労だった。「かわいそうに」ジラはつぶやいた。

ダニエルが驚いて顔をあげた。「なにが？」

本気で聞いているのだ、とジラは気づいた。地獄のような状況を生き延びたあと、ダニエルがしたのは、つぎに似たようなことが起こったときのために備えることだった。それがダニエルの人生なのだ。「痛みと、悲しみと……」ジラは力なく首をふった。「とにかく、かわいそうだと思って」

ダニエルは胸が締めつけられるのを感じた。苦痛のただなかにいるのはジラのほうなのに、そんななかでも自分の心配をしてくれている。ダニエルは一本の指でそっとジラの頬にふれた。「そう思うか?」やんわりと言った。「その必要はないさ。おれは生き抜いたんだ」指を口までおろして、上唇をなぞった。「言ったかな、おれは笑っているきみが好きだって。ジラの笑顔はあたたかさとか、夏の日とか、この世のいいことばかりを連想させる。まだ大笑いする顔は見たことはないが、いまから楽しみにしているよ」身をかがめてジラのこめかみを唇でこすった。「おれは生き延びた。きみもおなじだ、ジラ。安心していい」

「なにをするの?」水筒とM1を片方の肩にかけ、ジラを腕でかかえあげようとするダニエルに、ジラはたずねた。

「いわゆるファイヤーマンズ・キャリー――消防士がやる搬送法だ」ダニエルはそう言って、ジラの身体を下向きにして肩にかついだ。「できるだけ急いで移動したいし、この先の地形を考えるとこれが一番楽な運びかただ。バックパックはおいていくことになる。山道を抜けたらもうすこし楽な体勢に変えてやるよ」

「でも、そんなに遠くまでかついでいくのは無理よ」ジラは抗議した。「とりあえず歩かせてみて」

ダニエルは尻を軽くたたいた。「黙るんだ！　おれはなんでもやりたいようにやる。決定権はこっちにあるし、おれがチームプレイヤーでないのは、すでに確認済みのはずだろ。それに歩けば毒が血流にのって身体をまわる。とにかく、ひたすらうまくいくことを念じてるんだ。今日のミッションで貢献できるのは、その程度だ」

「たぶん、ほかの人の念力もあてにして、借りたり盗んだりしないと」ジラはぼんやりとつぶやいた。「それでもまだ足りないかも」

「十分だ」ダニエルが強い口調で言った。「おれにまかせておけ」

「とにかく、あなたも、絶対に……」意識がとぎれて、言葉の先はどこかへ消えていった。

ターコイズの瞳。見知らぬ男の浅黒い無愛想な顔のなかで、瞳が冷たい光を放っている。冷たい。ジラは必死になってその目にすがりついた。世界は熱く燃えているのに、そこだけは冷えている。男の声も冷たくて、ひそかにおもしろがっているような響きがあった。「ダニエル、この女性の具合が悪いのはわかるが、あそこまで乱暴にふるまう必要があったのか？　監視人が銃をむけられたといって、しきりに文句を言っていたぞ」

「あいつにむけて撃とうとしたわけじゃない」ダニエルが厳しい口調で言い返した。ジラはどこまでもつづくモザイク張りの廊下を運ばれていて、白い格子飾りの窓をいくつも過ぎ、そのたびにまぶしい光が目を刺した。「こっちに撃つ気があれば、いまごろは文句を言えるありさまじゃなかっただろうよ。ジープのサイドミラーを割ってやっただけだ。手をあげたのに、止まろうとしなかった」

「自覚しているか知らないが、その格好では野蛮人のようにも見える。アブドゥルはなにもないときですら勇敢と呼べる男じゃないからな。賊だと思ったんだろう」

「賊が意識不明の女をかついで、なにもない場所をふらふらと歩くか」ダニエルが文句を言った。「まったく頭のまわらないやつだ」

「おそらくな」ターコイズの瞳の男はのんびりと応じた。「しかし監視人としては申し分ない。天は二物を与えず、だよ」

「そんな御託《ごたく》は聞きたくないな、フィリップ」ダニエルが言った。「己のやりかたが通らなければ、気に食わないものをまるごとふっとばすのはだれだ」

「そのほうが、なにかと便利だからな」ジラがガラス球のようなターコイズの瞳にふたたび目をやると、男が感情のない視線でこちらを見おろした。「おまえのミス・ダバラはずいぶんと具合が悪そうだ。追っ手から逃れる途中で撃たれたのか?」

「サソリに刺された」ダニエルが短く言った。「強烈な痛みにまいっていて、この数時間は意識が消えたりもどったりしている。熱もひどい。ベッドに寝かせたら、一刻も早く医者を呼びたい」

「すでに呼んである。ラウールから報告を受けて、おまえがジープに意識不明の女を乗せてこの屋敷に乗りこんできたと聞いたその場で、ドクター・メトヒェンに電話をするよう命じておいた。じき、到着するだろう」

「血清《けっせい》がいる」

「ここの教護室にも多少保管されている。ラウールに言って、使用期限内か確認させよう。だめならドクター・メトヒェンの調剤室まで、使いの者に取りにいかせればいいことだ」

「わかった」ジラはベッドの上に寝かされた。ひんやりとした絹のシーツは、燃えるような肌をほっと癒してくれた。ダニエルの目が心配そうにジラの顔を見つめる。「がんばるんだ、ジラ。あとすこしだからな」

微笑をうかべようとしたが、つらくてできなかった。なにをするのものすごく痛い。ジラは気だるくまぶたを閉じて、目に焼けつくような光を遮断《しゃだん》した。ダニエルが乱暴なひとりごとを吐くのが聞こえる。ジラは気に止めなかった。この数時間のうちに、そうやって耳もとで毒づかれるのにもすっかり慣れた。いまではそれを聞いても母熊の唸《うな》り声を聞く小熊のように、心地よさと安心を感じるだけだった。

「さっき、ミス・ダバラと言ったな。それに追っ手から逃げていたことも知っていた」暗い頭上のどこかからダニエルの声がした。「ジラのことはだれから聞いたんだ?」

「おまえの友人のクランシー・ドナヒューだ。事前の打ち合わせどおり夜のうちに連絡が来なかったので心配したらしい。なにがあってもすぐに対処できるように、飛行機でこっちにきている。今回の冒険について、詳しいことを聞いたよ。なかなか楽しそうな話じゃないか。まさにおまえが胸躍らせるたぐいだ」

「ああ、胸が躍るね」ダニエルはとげとげしく返した。「今度こういうことがあれば、忘れずに誘うようにするよ」ダニエルの手がジラのシャツの襟のボタンをはずした。目を閉じていてもダニエルの手だとわかるのは不思議だった。「医者はなにしてる?」

「忍耐という長所はおまえにはないようだな、ダニエル。まだ呼んでから十分とたっていないではないか」

「だがサソリに刺されてからは、すでに二時間以上がたっている。その場で血清を打つ必要があったんだ」

「ドクターなら、すぐあとからくる。玄関で会った」新しい低い声が加わった。尊大で、どこかで聞いたことのあるような声。「過去の治療歴についてジラの母に確認するためにカリム・ベン＝ラーシドの宮殿と連絡をとっているところだ。わたしが、そこにカルテがあるはずだと教えた。それで、具合は？　ジラを救いだせと言ったはずだ。弾を受けろとは言ってないぞ、ダニエル」

「救いだしただろう、クランシー」ダニエルは乱暴に言った。「それにこれはサソリのせいだ。銃弾じゃない。早く医者を呼ぶんだ。さもないと、おれがおれの流儀《りゅうぎ》で引きずってくるぞ」

クランシーだ。声の主はクランシー・ドナヒューにちがいない。以前、ずいぶんよくしてくれたから、ジラは目をあけて挨拶したいと思った。けれど、まぶたをひらいてみても、前に立つ三人の姿が幻のようにぼんやりと見えるだけだった。黒い影がこっちに迫ってくるようで、どことなく恐ろしげだ。記憶の奥底のなにかがかき乱されて、パニックが激しく全身をめぐりだした。どうしてここは安全だと思ったのだろう？　ジラには一生安全はおとずれない。やつらからは二度と逃げられないのだ。「ダニエル！　ダニエル！」

影のひとつがすぐさま身をのりだした。「大丈夫だ、ジラ。おれはここにいる」

「いや！　さわらないで。お願いだから、わたしにさわらないで」突然、新たな苦痛におそわれて、ジラは腹を押さえてうめいた。

「どうしたんだ？」男はダニエルの声をしているが、今度も騙《だま》されているのでないと、どうしてわかる？　そういうことは前にもあった。「彼女になにが起こったんだ」

「おそらく毒のせいで腹部に激しい痙攣が起こったんでしょう」またべつの声がした。かすかにドイツ語の訛《なま》りがある。「めずらしいことじゃない」背が低くて、丸々としたシルエットだった。「使いの者によれば、右足首をサソリに刺されたとか?」

「顕微鏡で虫でも観察するようにぼさっと突っ立ってないで、早く痛みをとってやってくれ!」

心から心配しているような声だ。けれど、あいつらはいつもそうだった。口先ばかりの優しい声で、愛想がよくて、調子がよくて。友達だと騙されてはいけない。この男たちはジラの痛みを思いやってなどいない。これは、ジラを思いのままにあやつるための手なのだ。ドイツ訛りの男が肩をすくめた。「まず血清を打とうと思っていましたが、まあ、どっちでもいいでしょう」男は一瞬ジラの視界から消え、ふたたび見えたときにはもっと近くにいて、手になにかを持っていた。注射針がきらりと邪悪に光った。注射だ!

ジラは声のかぎりに叫んだ。

急いでひざをついて立ちあがろうとした。ああ、力がはいらない。意識のないうちに、きっとなにかを飲まされたのだ。ときどき、記憶がとぎれることがある。動物のように小さくうずくまりながら、ジラは背中にベッドのヘッドボードがあたるのを感じた。「だめ! それはいやなの。お願い!」

「ジラ、心配することはない。ただのモルヒネだ」ダニエルのふりをしている男が言った。「これを打てば痛みがおさまる」

ジラは激しく首をふった。「注射はいや！　絶対にいや！　いけないものよ。悪いものなの。そんなことをして、またしてもわたしを苦しめるの」

「なんということだ」クランシーが息をもらした。「かわいそうに！」

でもこれはクランシーじゃない。心しておかなければ。この人物も仲間のひとりなのだ。

「そんなことしか言えないのか？」ダニエルの声はふるえていた。「見ていられない。どうしておれたちにこんな怯えるんだ？」

「むかしのことを思いだしているんだ」クランシーは声をつまらせた。「それにわたしにとっても、見ていられるものじゃない」

「押さえておいてもらう必要がありますな」ドクター・メトヒェンがきびきびと言った。「錯乱状態にあるので、注射を断固拒否するでしょう。そうなれば怪我の危険がある」

「わたしがやろう」ターコイズの瞳の男だった。「ダニエル、反対の腕を押さえろ」

つぎの瞬間にはふたりが間近に迫り、ジラはもはや手も足も出なかった。恐怖にあえぎ、必死になって暴れた。「ひどいことをしないで。それはいや。はなして」涙があふれて頬をつたった。「どうしてこんなことをするの？　わたし、家に帰りたい」

「じっとして、大丈夫だよ」ダニエルの声はかすれていた。「だれもひどいことなんてしない。さあドクター、注射を」

腕になじみのチクリという痛みがあった。これでまたおなじことがはじまるのだ。絶望が胸にあふれた。ジラは暴れるのをやめた。やがて注射針が抜かれて、やわらかな霧が一気におりてきて、ジラをつつみこんだ。涙があとからとめどなく流れたが、止める努力もしなかった。

ダニエルの顔には苦しそうな憂いの表情がはっきりとうきでている。こんなにもダニエルにそっくりな人をどうやって探したのだろう。だって、これはダニエルのはずはないのだから。ダニエルはこんなふうにジラを裏切ることはない。男はジラの硬直した身体をベッドに横たえて、腕をどけた。もう抵抗する力が残っていないとわかっているのだ。あいつらは、いつだってわかっている。

「たのむよ。泣くのはやめてくれ。胸が張り裂けそうだ」

ジラはゆっくりと頭を横にふった。偽《いつわ》りの顔を見なくてすむように、まぶたを閉じた。

「とにかく家に帰りたい」ささやくように言った。「お願い、家に帰して」

ジラの息遣いはしだいに深く安定してきた。「意識を失ったようだ」ドクター・メトヒェンが言った。「血清を打とう」医師はダニエルにむかって眉をあげた。「あなたのお許しがあればね」

ダニエルは乱暴にうなずいた。「やってくれ。彼女はよくなるか?」ドクター・メトヒェンは注射を用意しながら皮肉を言った。「ろくに診察する時間も与えてもらってないのに」

ダニエルは医者に迫って、やにわに手をあげて喉をつかんだ。「わかるはずがないでしょう」

「いまは皮肉を聞いている気分じゃないんだ」凄みを感じさせる緩やかな口調で言った。「もう一度聞こう。彼女はよくなるか?」

ドクター・メトヒェンは口をまげた。「よくならない理由は見あたらない。最近ではサソリに刺されて命を落とす人はまれです。最初の数日間は、多少力が出ないかもしれない。ただし、かりにもわたしに治療が許されるなら、すぐに回復するでしょう」

フィリップ・エル＝カバルが渋い顔で見ていた。「ダニエル、その手をはなすんだ。ドクター・メトヒェン、とんだ失礼をした。ダニエルは大変に動揺しているようだ」青緑色の瞳が突然またたいた。「ただし、アブドゥルのように銃で撃たれなくて幸運と思ったほうがいいかもしれないな。ダニエルはときどき凶暴性を発揮するきらいがある」

ダニエルの手がゆっくりとドクター・メトヒェンの首からどけられた。ダニエルは一歩さがった。「いまの言葉を胸に刻んで治療にあたるんだ。おれは彼女の回復を願っている」薄い肌色の顔のなかで目がぎらぎらと燃えていた。「聞こえたか？　おれは彼女の回復を願っているんだ」

「だったら、部屋を出て、わたしに仕事をさせてください」医者はふり返った。「どうかこの男に、わたしのじゃまをさせないようにしていただきたいのですが、シーク・エル＝カバル。脅迫されていては満足に仕事ができません」

「ダニエル」クランシーの声は意外なほど優しかった。「さあ、いこう。おまえにはアルコールが必要だ。ここにいてドクターのじゃまをするより、そのほうがジラのためにもなる」

口をまげてかすかに悲しげに微笑んだ。「わたしも、一杯やったほうがいいようだ。こんなに消耗《しょうもう》する場面になるとは予想外だった」

「消耗する、か」ダニエルは鼻腔をひろげた。「ああ、たしかに消耗した。肉挽き機にかけられたような気分だ。どうしてジラはあんな反応をしたんだ？　おれが彼女を絶対に傷つけることはないと知っているはずなのに」両手を強くにぎりしめた。「ちくしょう、絶対に知っているはずだ」

「意識が混濁していた」フィリップが言った。「それで十分に説明がつくだろう」

ダニエルは頭をふった。「それ以外にも理由があるはずだ」目をすがめてクランシーを見やった。「そして、あんたはジラの頭のなかでなにが起こっているのか、すべてわかっていた」

「残念ながら、そういうことだ」クランシーは疲れた声を出した。「わからないほうが救われる。おかげでひどい気分だ」

ダニエルは唐突に向きを変えた。「話を聞く必要があるな」短く言い放った。「一杯やるというのはいい案だ」ダニエルはすでにドアにむかって歩きだしていた。肩ごしに視線を投げた。「フィリップ？」

フィリップ・エル＝カバルは首を横にふった。「あとでいく」ふいにうかんだ笑みが、彼の浅黒い皮肉な顔にいつにないあたたかみを添えた。「もうすこし、おまえのお荷物を見守っていよう。だれにも悪いようにはさせない」

「ああ、そうだろう」ダニエルはぶっきらぼうに言った。「われわれは書斎にいる」

ダニエルとならんで廊下を歩きながら、クランシーが唇を結んで小さく口笛を吹いた。「フィリップ・エル＝カバルのような凶暴な豹が、おとなしく子守役を引き受けるとは驚いたな」

「大型の猫は、子どもを守ることにかけては、きわめて熱心だと聞いたことがある」ダニエルが言った。「それにフィリップは凶暴なだけの人間じゃない。おれのよき友人だ」

「類は友を呼ぶ、だな」クランシーはさりげなく指摘した。「どちらも飼いならされた動物には喩えられまい」

「それを言うなら、あんたもおなじだよ」ダニエルは書斎に通じる、細かな彫刻のほどこされた両びらきのドアを押しひらいた。「そうでなければ、いまのような仕事には就《つ》いていないだろう。フィリップのことも理解できないはずはない」

クランシーは肩をすくめて、部屋を横切るダニエルを目で追った。みごとなペルシャ絨毯に汚れたブーツをめりこませながら、酒のキャビネットのほうへ歩いていく。「あの男のそうした面なら、十分に理解できるさ。ただ、フィリップ・エル＝カバルの持つ力の大きさに、多少の懸念《けねん》をおぼえるだけだ。その力を行使する方向を選んだら、アレックスにとって非常に危険な敵となりうる」

「そんな選択はしないさ」ダニエルは言った。「アレックスがフィリップの領有権を侵害しないかぎりは、なにひとつ心配するにはおよばない」棚からカットグラスのデカンターを手に取った。「バーボンでいいか?」

クランシーはうなずいた。「ゆうべは、ここへあらわれたわたしを見ていい顔はしなかったぞ。おまえのミッションを説明したら、いっそう不機嫌になった。なるほど、おまえの言うとおりだ。シークは身内の人間を非常に大事にするようだな。よく憶えておこう」

「それがいい。記憶というコンピュータ・バンクにしまっておくことだ」ダニエルは自分用にブランデーをそそぐと、クランシーのところにもどってバーボンを手渡した。「それから、今回の件にからんでもうひとつ言っておくが、フィリップの害になることを、これ以上おれにさせるなよ、クランシー」ダニエルの視線がしっかりとクランシーの目をとらえた。「今度だけは利用されてやった。だがこれかぎりだ」ダニエルはゆっくりとブランデーをすすった。「ハサンとその一味について、その後なにか情報は？」

「まだなにもつかんでいない」クランシーは顔をしかめた。「しかし、飛行機を爆破する必要があったのか？」

「セディカーンまで追ってこさせるには、そうするのが一番てっとりばやい」

「それで、追ってきたんだな？」

ダニエルは冷酷な顔つきでうなずいた。「地獄の底まで追いかけてくるように、たっぷりと挑発してやった。すぐに姿をあらわすさ。心配ない。じっと待ち伏せして一網《いちもう》打尽《だじん》にするだけだ。あいつらがふたたびジラに近づくようなことは絶対に避けたい。だからこそ、おれの家ではなく、このフィリップの屋敷を選んだんだ――わが家より断然セキュリティが厳重だからな」

「それで、最初はどうやって――」

「詳しい報告はあとだ」ダニエルがさえぎった。「その前に答えが知りたい」シェラトン机の前におかれた、背もたれの高い革椅子を指さした。「楽にしてくれ。知っていることを聞きだすまで、解放するつもりはないからな」

「自分もすわったらどうだ」クランシーは言って、腰をおろして脚を前に投げだした。「椅子よりもベッドが必要な顔だぞ。そこまで骨の折れる仕事だったか」

「かつて、おれたちがやってきたことよりましさ」ダニエルは自分の埃《ほこり》まみれのカーキの服と、汗で胸にはりついている黒ずんだアンダーシャツを見おろして顔をゆがめた。「それに、フィリップはこんな服のまま骨董《こっとう》の椅子でくつろいでほしくはないだろう」ダニエルは机の端に半分腰をのせてよりかかった。「休むのはあとでもできる。話を聞こう」

「ジラのことか?」

「ほかになにがある」グラスを持つダニエルの手に力がはいった。「処刑人を見るような目でおれを見た理由を知ってるんだろう」

クランシーはグラスのなかの琥珀《こはく》色の液体に目を落とした。「ジラのことについて、他人にぺらぺら話す権利はわたしにはないと言っただろう。もし話したら、デイヴィッドがただじゃおかない」

「冗談言うなよ。おれは他人じゃない」ダニエルは突然、語気《ごき》を荒らげた。「おれには知る必要がある、それがわからないか?」

「ああ、わかっているつもりだ」クランシーは考えながらこたえた。「今度のような経験をふたりでともにすれば、一体感をおぼえるようになるのがふつうだ。だが、おそらくはそれ以上のものがある。そうだな？」

ダニエルは荒く息を吸った。「そのとおりだ」硬い口調でこたえた。「ジラとブラッドフォードの関係については、一切教えてもらう必要はない。ただ、彼女がなぜあんな眼差しでおれを見たのか、その理由を是非にも知りたいだけだ」あの瞬間の衝撃は、いまも生傷《なまきず》のまま残っている。ジラの苦しみと絶望を己のことのように感じているだけに、ダニエルにとって痛みは二倍にもなった。

「そうは言っても、デイヴィッドとの関係は、さっきあの部屋で目撃したことの一部といっていい。ふたつは切り離すことはできないんだよ」クランシーは頭をふった。「聞けばいい気分はしないぞ。簡単に受け止められるような内容じゃない。ジラに気があるなら、なおさらだ」

「話してくれ」

「ジラが十三歳のころのことだ。母親がカリム・ベン＝ラーシドのところで女中頭の仕事に就いていて、ジラはその間、祖母といっしょにマラセフに住んでいた。いつも熱心におしゃべりしたり笑ったりしている、明るくてかわいい少女だった。それが、ある日、行方不明になった。学校から帰ってこなかったんだ。母親は半狂乱に陥《おちい》った。警察にも通報したし、自ら足を棒にして街じゅうを捜し歩き、すべての手を尽くした。そのうえで、デイヴィッド・ブラッドフォードに助けを求めたんだ。そのころには失踪《しっそう》から六カ月がたっていて、依然としてなんの手がかりもなかったが、やがてようやく、デイヴィッドとアレックスがジラの居所を探しあてた」クランシーは一瞬口ごもった。「〈黄色い扉の館〉という売春宿だよ。少女誘拐を専門にした、たちの悪いグループに拉致されたんだ。中毒から抜けだせなくなるまで徹底的にヘロイン漬けにして、売春させる」ダニエルがもらした怒りの声を聞き流して、先をつづけた。「デイヴィッドがザランダンに連れ帰ってきたとき、ジラがどんな状態だったかは、話す必要はないだろう。ヘロイン中毒から回復するまでに八カ月近くもかかった」苦々しげに笑った。「そのあとは、悪夢で受けた精神的なダメージの回復につとめるだけだった。楽勝だろ」

「十三歳」ダニエルは吐きだすように言った。「ほんの子どもじゃないか」手で両目をおおった。「くそ、気分が悪い」

「デイヴィッドはジラをテキサスにいる自分の両親のところに預け、以来彼女がセディカーンにもどるのは、今回がはじめてだった。むこうにいるあいだはずっと精神的な治療を受けていて、これまでにめざましい回復をみせた」クランシーは眉をひそめた。「だが今日、目にしたことからすると、完全に回復していないのは明らかだ」

「回復するわけがないだろう」ダニエルはくぐもった声を出した。「どうやって耐えてこられたのか、それすら想像できない」

「耐え抜いたのは、おそらく、ジラが人間的にとても強いからだ」クランシーは言った。

「今回セディカーンに帰ってきたのも、本人が決めたことだった。なんとか対処できると考えたんだろう」

「ジラはこの世のどんなことも、自分で対処できると考えている」

「ジラが？」クランシーの唇にかすかな笑みがうかんだ。「それはいいことを聞いた」バーボンに口をつけた。「話は以上だ。ほかには知りたいことはあるか？」

「ひとつだけある」ダニエルは顔から手をおろし、血の通っていない冷酷な眼差しをのぞかせた。「そいつらは始末したのか」

クランシーはうなずいた。「ああ、グループを壊滅に追いこみ、リーダー格は二度と日の目を拝めないようにしてやった」

「残念な気がしないでもないな」ダニエルが張りつめた口調で言った。「この手で殺してやらなければ、おれの気がすまない。ジラのためになにかをしないではいられない」目を閉じた。「くそ、なにもしてやれないもどかしさで、どうにかなりそうだ」

クランシーの険しい顔に、一瞬同情がうかんだ。「あのときは、われわれ全員がおなじ思いをいだいたよ。発見された直後のジラを見ずにすんで幸運だと思うべきだ。それだけで、心臓をえぐられる思いだった」

「幸運なわけないだろうが。ブラッドフォードはその場にいて、助けの手をさしのべることができたが、おれはそこにいなかった」ダニエルは語気を荒くした。「もしいたら、あんな怪物を見るような目をむけられることはなかったはずだ。信頼していい相手だとわかってくれたはずだ」

「熱で朦朧としていたんだよ。なにが起こっているのか、状況を理解していなかった。売春宿に連れもどされたと思っているようだったじゃないか」

「ああ、いまじゃすっかり理解したよ」ダニエルは自棄気味に笑った。「そんな経験をしたあとでは、男を信頼したり、男に応えたりするのが非常に苦痛だろうということもよくわかった」ああ、そんな言葉で言いつくせるものではない。ゆうべは、友情をより深い関係に発展させるのはわけないことだと自信満々だった。ジラを抱いたときの自分は、野蛮だったとさえいえる。あんなに愛らしく受け入れてくれるかわりに、どうして悲鳴をあげて逃げださなかったのか。ジラが自ら楽しんでいたはずはない。ならば、感謝か、哀れみか？　どっちでもいい。ともかく、レイプのようにさえ思えただろう愛しかたをしたせいで、取り返しのつかない傷を負わせてしまったのでなければいいのだが。セックスとは必ずしもああいうものじゃないと理解してもらう必要がある。それに、ダニエルが、傷ついたジラが必要とする優しさや思いやりで接することができるということも、わかってもらわなければ。

「もちろん、ジラと深くかかわろうという気があるわけじゃないんだろう？」クランシーが質問をした。「あらためて指摘するまでもないと思うが、彼女を知って、まだたった一日だぞ」

「すでに深くかかわっている」ダニエルは残りのブランデーを喉に流しこみ、こらえきれずに乱暴にグラスをデスクにおいた。「おれから求めたわけじゃないが、とにかくそういうことだ。問題があろうがなかろうが、いまでは彼女はおれのものだ」

クランシーが顔をこわばらせた。「まさか、肉体的な話をしてるんじゃないだろうな。精神科医の最近の診断によると、ジラはまだ男を性的に受け入れる準備ができていないそうだ。若い娘を落とすためにおまえを派遣したわけではない。おまえがそんな行動に出たと知ったら、デイヴィッドは許すまい」

「くそ！」息がもれるほど強く殴られたように、ダニエルの腹の筋肉がよじれた。ジラの状態は思っていた以上に悪いのだ。いまも怯え、傷をわずらっている。そのうえ、悪夢の日々以来はじめての経験だというのに、ダニエルは穏やかとはいえない態度で接してしまった。

それでも、ジラは応えた。少なくとも、あのときはそう思った。しかし、ダニエル自身が渦巻く闇と、己を揺さぶる情熱の激震のうちにいたのだから、たしかなことはなにも言えない。ひょっとしたらたんに服従しただけかもしれないのだ。そうでなかったことを心から天に祈りたい。しかしもしそうだったなら、少女時代からの怪物と見まちがわれたとしても、なんの不思議があるだろう。

ふるえている自分に気づいて、ダニエルはうんざりした。いまは弱さに負けている場合じゃない。まずは目の前のクランシーと渡りあう必要があるが、彼はけっして一筋縄でいく相手ではなかった。「残念だがそういうことだ」ダニエルは冷静に言った。「もはやジラの心配をする立場にはないと、デイヴィッド・ブラッドフォードに伝えてくれ」

「しかしジラはどうなる？　彼女の意見は聞かないのか？」

「おれが部屋に閉じこめてレイプするとでも思うか？」ダニエルの表情は苦悶に塗りこめられていた。「今後の人生で、ジラは二度と不安も苦しみもあじわうことはない。おれが責任もつ。だが、彼女のことはどこへもいかせないからな、クランシー。今日はおれを怖がって避けようとしたが、あんなふうに怯えさせることは絶対にしたくない。だが、ささいなことで、ふたたびパニックを起こすのは目に見えている。つまり、ふつうに口説いたりするようなことさえ一切できないということだ」

「じゃあ、どんな考えがあるんだ」

「どんな考えもないさ、クランシー」ダニエルは静かに言った。「ただ、時間がほしいと言っているんだ。それ以上のことは、いまはなにも言えない」

「時間が必要だと?」

ダニエルはうなずいた。「ジラはおれとふたりきりで二週間ここに留まる。ブラッドフォードにも母親にも、だれにも干渉してほしくない。あんたもだ、クランシー。ただでさえ、おれには片付けるべき難題がたくさんある。そのうえ親身な保護者たちが押しかけて、じゃまをされるんじゃかなわない」

「勝手なことを言うな、ダニエル」クランシーが頑として言った。「そんな状況をわたしがお膳立てできるか。それくらいわかるだろう」

「おれにわかるのは、あんたは最善の努力をしないといけなくなるということだ」ダニエルは冷ややかな小さな笑みをうかべた。「さもないと、これまでずっと避けてきたフィリップとアレックスの対立という厄介な事態に直面することになる」

クランシーはアイスブルーの目を細めた。「この件にフィリップ・エル=カバルを巻きこむつもりか?」

「必要ならばしかたない。そっちの出かたしだいだ。知ってのとおり、フィリップは眉ひとつ動かさずに領地の境を封鎖して、ジラが去るのも迎えがくるのも阻止できる男だ。おそらくは、ベン＝ラーシド政権にどれだけの影響力を持っているのか試せるいい機会だと、かえって喜ぶだろう」

「それについては、まったく疑問の余地はないな」クランシーは低くうなった。「しかし冗談じゃないぞ、ダニエル。そんなことでわたしがあやつられると思ったら大まちがいだ。脅そうとしてもむだだよ」

「たんなる脅しだと思うなら、試してみるがいい」ダニエルの瞳がらんらんと光った。「そして、結果に泣くことだ。それがいやなら二週間をよこせ。その後は、おれがジラをザランダンまで送っていく」ダニエルはややしてから言い足した。「そのときになっても、彼女がそれを望んでいるとしたらだが」

「じゃあ、わたしには、どうやってそのあいだの時間稼ぎをしろというんだ？」クランシーは辛辣な低い声色《こわいろ》で言った。

「それはあんたにまかせるよ。その気になれば、いくらでも悪知恵が出てくるだろう。なんなら、フィリップに言って、二週間ほどはジラを安静にしろという、医者のお達しを出してもらってもいい」

「そしたらわたしは、じつはジラは、彼女をベッドに連れこみたくてしかたがない男に足止めされているということを、うしろにひかえる部隊に知られないようにすればいい、というわけか。ジラの状況を考えると、とりわけその事実が知れたらただごとじゃないぞ」クランシーは顔をしかめた。「そういうことを絶対にしないと、約束はできないのか」

ダニエルは首をふった。「ジラを求める気持ちは、これまでどんな女に感じたよりも強い。だからなんの約束もできない」ダニエルの表情は険しかった。「だが同時に、ジラの信頼も勝ち取りたいと思っている。要するに、両方手にすることはできないというわけだ。いっぺんにはな」

「なるほど、それを聞いてすこしは安心した」クランシーは腰をあげた。「おまえは二週間を手に入れた。こっちはほとんど選択の余地を与えられていない」細心の注意をはらってグラスを机においた。「こういう立場におかれるのはおもしろくないな」穏やかに言った。「そのことをよく憶えておけよ、ダニエル。おまえは薄氷《はくひょう》の上を歩いているんだ」

「承知のうえだ」ダニエルは急に笑顔になった。「それだけ真剣だという証明だ。あんたの恐ろしさなら重々知っているよ、クランシー」

クランシーはしぶしぶ笑って、あからさまな悪態をついた。「二週間だぞ。そしたらジラを連れもどしにくる。外交など知ったことか」表情にわざとらしい凶暴な色がくわわった。「そのあとで、おまえをマラセフの〝涙の塔〟の壁にケツから吊るしてやるからな」

「さあ、どうなるかな」ダニエルは顔半分につかみどころのない笑いをうかべて、立ちあがった。「あんたはおれとおなじチームでしか戦ったことがない。敵にまわした経験はゼロだからな。きっと、度肝《どぎも》を抜かれるぞ。ともかく話はまとまった。おれはジラのところにもどるよ」ダニエルは大またできびきびと出口にむかった。「ハサンがなにか言ってきたら、知らせてくれ」

「ダニエル」

ダニエルはふり返って、言葉の先を待った。

「今回のことは、おまえにとってものすごく重要なことなんだろう」クランシーはゆっくりと話した。「だが、アレックスを敵にまわす危険をおかすほど、意味のあることだと本気で思っているのか？」

「ああ、そうだ」ほろ苦い顔で笑った。「ずっと探し求めていたものを見つけた気がしているんだよ。しかし、すんなり手に入れられるほど、世の中、甘くはないらしい」ダニエルはドアをあけた。「ともかく、それだけの意味はある」

ジラが目をあけると、ダニエルの姿があった。部屋が暗いので夜なのはわかったが、枕もとのテーブルにはランプが明々とともっていて、ダニエルはベッドのそばに引きよせたウィングチェアに腰をおろしていた。どこか遠くをぼんやりと見つめる顔には、険しい表情がうかんでいる。

「ダニエル？」気を引こうと眠気の抜けない声でつぶやいた。ベッドのなかで寝返りを打って彼のほうにむいた。サテンのシーツがかけられているが、その下は裸だとなんとなくわかった。

ダニエルが背中を伸ばして、こちらに身をのりだした。「おれはずっとここにいる。ゆっくり寝てるんだ。もう心配することはないよ」

「わかってる」ダニエルといっしょだと、いつだって安心できる。「疲れてないの？」

「おれは大丈夫だし、きみもすぐによくなる。ドクター・メトヒェンが言うには、数日間は身体も弱って無気力がつづくが、その後は回復にむかうそうだ」

「ドクター・メトヒェン？」

ダニエルは言葉を失った。「医者を憶えてないのか？」

ジラは首をふった。「ぼんやりとした記憶しかないの。アラビアンナイトのお城みたいな建物に運びこまれたことは憶えてる。でも、あとはどんどん深い霧につつまれて」ジラは眉をひそめた。「そういえば、ほかにもひとつだけ憶えていることがあるわ」

ダニエルの目に警戒の表情がよぎった。「ほんとかい？」

「めずらしい色の目をした男の人。トルコ石みたいな色よ。あれがドクターなの？」

ダニエルは笑った。「ちがうよ。あれは、きみが世話になっている屋敷の主人、フィリップ・エル＝カバルだ。熱にうかされてたっていうのに、そんなふうにきみの印象に深く残ったと知ったら、喜ぶだろうな。おおいにうぬぼれさせることになる。いまさらその必要はないと思うがね」

「こんなふうにかくまってくれるなんて、親切な人ね。お礼を言わないと」

「その機会なら、この先いくらでもあるさ」ダニエルは腕を伸ばして、ジラの手を取った。「医者は一週間かそこらはザランダンへ移動するのは好ましくないと考えている。合併症の不安がなくなるまでは大事をとりたいらしい」

ジラは目を丸くした。「どうして合併症の心配なんてするの？」

ダニエルはジラの手に目を落として、手首の脈を意味もなく親指でなでた。「合併症は、思いもしないときにあらわれるんだ」言葉をにごした。「きみは手厚い看護のもとにおかれる」目をあげたダニエルの瞳が明るく輝いた。「さんざん苦労してハサンの手から救いだしたんだ。サソリごときできみを失いたくはないよ」

優しくさするダニエルの親指から熱が腕にひろがっていって、下腹部の奥のほうがかすかに切なく揺れた。「わたしのためにしてくれたことが全部水の泡になるなんて、こっちだっていやよ」ジラは軽い口調で返した。「それこそ恩知らずでしょう」ダニエルと視線がからみあい、目をそらすのが難しかった。「すっかり回復するまで、おとなしくしてるわ。ところで、だれか母やデイヴィッドにわたしの無事を伝えてくれた?」

「医者が峠を越したと判断した時点で、ザランダンに連絡を入れておいたよ。クランシー・ドナヒューが今夜むこうにもどったから、詳しい話を伝えておいてくれるだろう。明日になったら、自分でお母さんに電話するといい」

「そうするわ」ジラは眉をひそめた。「クランシー・ドナヒューもここにいたの? 熱のせいですっかり頭が真っ白になってたみたい。ほかにはどんなことがあったの?」

「とくに重要なことはないよ」ダニエルは愛情をこめて短く手をにぎって、はなした。「聞きたいことは聞いただろうから、そろそろ眠りにもどったらどうだ」

「でも、まだ全部じゃない」ジラは困惑の表情をうかべるダニエルの顔をさぐった。目のまわりには疲労によるしわがうき、頬のあたりの肉は引きつっている。「ぜんぜん眠ってないの?」

ダニエルは笑った。「あまり眠らなくても平気な体質なんだ。シャワーをあびて食いものを腹に入れたら、それで気がすんだ」

「ゆうべだって寝てないんでしょう。それに、その前日だって眠れたとは思えない。爆弾やらいろいろ仕込まないといけなかったから」

ダニエルはにんまりとした。「たしかに、仕込む作業はなにかと消耗するからね」

「冗談はやめて。言いたいことはわかってるくせに。ベッドにいって、ダニエル」

「いってじゃなく、来てだったら、もっと喜んで従ったかもしれないな」ダニエルは悠長に言った。

ジラの下腹部にこもっていた熱が反応して、じんわりとひろがった。「だったら、来て」喉をつまらせながら口にした。

ダニエルの顔からいきなり笑みが消えた。尻に爪を立てられ、耳もとで自制心を粉々に打ち砕く言葉をささやかれたときの興奮が、ふいにダニエルの胸によみがえった。「本気で言っているのか?」

「いっしょに寝るのははじめてじゃないでしょう」ジラは神経質に唇を舐めた。「あなたも休まないと」

ダニエルの瞳に燃えあがった炎が、ふいに消えた。「心配してくれるのはうれしいが、あのときといまとでは少々事情がちがう」

ジラは贅沢な部屋の内部を見まわした。つややかなモザイクタイルの床に、それをおおう装飾豊かな絨毯。「取り巻く環境はそうかもね」おずおずとダニエルの目を見た。「でも、ゆうべ洞窟のなかにいたのは、おなじふたりでしょう？」

ダニエルは腰をあげた。「もちろん、そうさ」彼は優しく微笑んだ。「クランシーによれば、危険な状況をともにすると、人と人との距離は急速に縮まるらしい。まったくそのとおりだ。きみに対しては、これ以上ない親しみを感じているよ。大事な友よ」

大事な友よ。昨日おなじフレーズを耳のそばでささやかれたときには、あたたかく満たされる思いしか感じなかった。それがいまでは、なぜかしらすこし不安になる。ダニエルの態度にどこか張りつめたところがある気もするが、きっと、考えすぎだろう。「わたしもとても親しみを感じてるわ、ダニエル」ジラはそっと言った。「それにすごく感謝してる」

用心深い表情をしたダニエルの目が、急に生き生きとしだした。「感謝というものに対するおれの考えは、もう話しただろう。感謝はブラッドフォードにとっておけって。おれは受け取らないよ」ジラの顔にうかんだ驚きと戸惑いを目にすると、ダニエルは深く息を吸って、安心させるように笑顔をうかべた。「すまない。おれがどれだけがさつな無骨者か、いまじゃ、さすがにわかっただろうね。きみの言うとおり、疲れているのかもしれない。いまの言葉はなかったことにしてくれ。いいかい？」

「ええ」腑《ふ》に落ちないままにジラはこたえた。

「よし、いい子だ」ダニエルはジラの髪を愛しそうになでた。「もう一度眠るんだ。今度ここへ来るときには、すこしは文明人らしいふるまいを心がけるよ」

「あまり無理しないでね。そのままで十分気に入っているから」ジラは不安をたたえた大きな目で見あげた。「つぎに目を覚ましたときにも、ここにいるでしょう?」おずおずと笑った。「つまり、またテロリストを捕まえにいったり、飛行機を爆破したりしなくていいんでしょう?」

「ああ、ここにいるよ」ダニエルは意識してさりげない口調で言った。「体調が回復するまでいっしょにこの屋敷にいて、それからザランダンに送っていくつもりだ。いずれにせよ、実際問題として、きみはいまもおれの責任下にある。どんな仕事も、いったん引き受けたら最後までやりとおすのが、おれの流儀だからね」

ジラはその言葉を聞いて、喜びとともにかすかな胸の痛みを感じた。責任。もちろん、傷つけようとして言ったのでないことはわかっている。ジラが人の負担になることをどれだけ嫌っているのか、知るはずもないのだから。やっとのことで笑顔をうかべた。「なんだか楽しそう。ふつうの旅のあいだにはどんな派手なことを演出してくれるのか、すごく興味があるわ」

ダニエルは身をかがめて、額にほんの軽いキスをした。「せいぜい退屈させないようにがんばってみよう」身体を起こしてランプのスイッチに腕を伸ばした。ふいにその手が止まった。「明かりはつけておいたほうがいいか?」

「なぜ?」ジラはおもしろがって聞いた。「暗がりを怖がる子どもじゃないんだから」

「ああ、もちろんそうだな。たぶん、おれの頭が混乱してたんだ」明かりが消えて、闇が部屋をつつんだ。「おやすみ、ジラ」

「おやすみ、ダニエル」大きな影が部屋のむこうの戸口へ歩いていくのを目で追いながら、ジラはひとり取り残されるような淋《さび》しさをおぼえた。

「ダニエル?」

扉をひらきかけて、ダニエルは足を止めた。廊下からはいってくる薄明かりで、彼の赤茶色の髪の輪郭が燃え立つようにうかびあがったが、それ以外は陰となってシルエットしか見えなかった。「どうした?」

「もうひとつ質問があるの。だれが服を脱がせてくれたの?」

こたえるまでにすこしの間があった。「おれだよ。おれが脱がせて身体を洗った。フィリップの使用人は男ばかりだ。赤の他人にやられるよりは、そのほうがましだろうと思ってね」

自意識過剰なエロチックな波がジラの身体にひろがった。病気で伏せっているはずなのに、自分の裸がダニエルの手や視線にさらされていたと考えただけで、わたしはダニエルがほしくなって欲望に身をよじらせている。一度の経験で、不感症から男好きに変わってしまったなんて。ジラは心のなかでため息をついた。いいえちがう、男好きじゃない。わたしが求めるのはダニエルだけ。ダニエルただひとり。「そのとおりよ」かすれる声で言った。「ありがとう」

「どういたしまして」すこしのあいだ迷っていたが、やがてダニエルの口からぎこちない言葉が出てきた。「きみはとても美しい女性だ、ジラ。特別な女だよ。おれは……」その先はなかった。「おやすみ」ダニエルが出ていって扉がそっと閉まった。

ジラはかすかに顔をしかめて、横向きになってサテンの枕に頰をうずめた。不安な気持ちが刻一刻ふくらんでいく。どうしてダニエルはあんなに他人行儀だったのだろう？　よそよそしいと言ってもいいくらいだった。全部がまったくの気のせいであるはずはない。知り合ってわずかのあいだに、ジラはダニエルの気持ちをずいぶんと読めるようになった。彼が距離をおこうとしていることくらいは、十分にわかる。

きっとダニエルは、ジラに対してつのらせた執着のような気持ちを、自分でも考えなおしたのだ。そう思ったとたんに、冷え冷えとしたわびしい気持ちがひろがって、ジラは小さく身をふるわせながらシーツをあごまで引きあげた。もし、そうだとしたら？　急にはじまって激しく燃えあがった関係に対して用心深くなるのは、たぶん当然のことだ。もしかしたら、ジラへの欲望は満たされてしまって、あのときみたいに求めていないのかもしれない。男がどのくらいで女に飽きるのか、ジラはなにも知らないも同然だ。ジラ自身もおなじように冷静になって、いまのダニエルが望んでいるらしいプラトニックな友達関係を築くべきなのだ。友情がつづくことなら、ジラも知っている。もし、ダニエルが友情を望んでいるのだとしたら――。ああ、本当のことがまるでわからない。昨日の夜は、なにもかもがすばらしく、たしかに思えたのに、いまでは悲惨なまでに不安だらけだった。

やがてジラは気丈に頭から疑念を追いはらって、目を閉じた。ダニエルは芯から疲れきっている。ふつうのふるまいを期待できない状態のときに、相手の行動を分析しようとするなんて、ばかみたいだ。でも、それを言うなら、どれがダニエルのふつうのふるまいなのか、ジラに判断ができるのだろうか？　おたがいの性格の目に見えない深い部分については、まだ知らないことがたくさんあった。それも、時をすごすとともにわかってくるだろう。ジラはダニエルがくれた贈りものを手放すつもりはなかった。ふたりでどんなものを共有できるか、知ってしまったいまとなっては。それはつらすぎる。きっと、耐えられずにくじけてしまう。

いま、わたしはなにを考えていた？　もちろん、耐えられるにきまってるじゃない。わたしは強い。どんなことにも耐えられる。ジラは目を閉じて、その考えがもたらす心の平安にひたろうとした。安らぎはジラをつつみこみ、疑いや不安を消し去ったけれど、それより深い意識の奥底で、聞き取れないほどの小さな声が、思いにあふれた悩ましい歌をうたっていた。

わたしは強くなる。わたしは強く生き抜く。でもお願いです。今度だけはその強さを使わせないでください。ダニエルをください。お願いだから、ダニエルをわたしに——。

5

ターコイズの瞳がのぞきこんでいた。ジラは枕もとに立つ男の顔を眠い目でぼんやりと見あげ、強い既視感《きし》におそわれてまぶたをひらいた。

「ミス・ダバラ、わたしはフィリップ・エル＝カバルだ。不躾《ぶしつけ》にも勝手に部屋にはいったことをお詫びしたい。この家にあなたを歓迎すると挨拶を述べて、それから必要なものやほしいものがあれば、遠慮なく言いつけてくれと伝えたかった」感じのいい笑顔だった。「あとまで待ってもよかったのだが、灌漑《かんがい》プロジェクトのために早くから出かけなくてはいけない。できればその前に会っておきたかった。非礼をお許しいただけるかな？」

どんなことをやらかしたとしても、フィリップ・エル＝カバルを許せない女は多くはいないだろう。ジラはそう思いながら、ベッドに起きあがって、サテンのシーツをしっかりと両腕の下にたくしこんだ。人生で見てきたなかで一、二を争うほどの、ひときわ魅力的な男だった。外見からすると歳は三十代前半で、真っ黒い髪、濃い黄金色の肌、それに高く張った頬骨に、抑えられた男の色気を感じさせるきれいな形の口をしている。そう、この人物に関しては、どこをとっても抑制が効いているという言葉があてはまる。カジュアルなブルージーンズと黒いスウェットシャツでつつんだその長身ですらりとした姿は、きっちりと抑制されたとてつもない力強さを感じさせた。愛想がよくて、隙のない魅力的な表情。きりりとした眉の下からのぞく印象的な青緑色の瞳は、涼しげでわずかにシニカルな印象を与える。

「わたしのほうこそ、お屋敷に押しかけてしまってごめんなさい、シーク・エル＝カバル。ご親切に感謝します。ご厚意に甘えて長居しすぎないようにしますから」

エル＝カバルは肩をすくめた。「ダニエルはあなたをここに置いておきたいのだ。この屋敷には部屋もたくさんあるし、召し使いらにしても、たいしてやることがない。ダニエルが楽しんでいるかぎりは、ゆっくりしていくといい」

ずいぶんはっきりと立場を教えてくれる言葉だ、とジラは苦々しく思った。どうやら愛想のよさは表面だけのようだ。マスクの下には残酷なまでの率直さと、無慈悲な気性《きしょう》が見え隠れしている。「だれかが喜ぶとか、そうでないとかという話ではありません、シーク・エル＝カバル」ジラは無愛想に言った。「体調がもどったら、ダニエルがいっしょかどうかはわかりませんが、ともかく出ていきますから。わたしはハレムの女でもないし、殿方の快楽のためにひかえる側女《カディム》でもありません。念のためお耳に入れておきますけど、セディカーンではどんな奴隷も法律で禁止されています」

「だがセディカーンの法律が、わたしの領地内でも通用するとはかぎらない」うっすらと笑いをうかべながら言った。「じきにわかるだろう。わたしは自分の土地は、自分にいいやりかたで支配する」視線がジラの上をゆっくりと這った。「とてもかわいらしい女性だ。ダニエルが入れ込むのも無理はない。もったいをつけずに身体を差しだせば、ダニエルはよくしてくれるだろう。自分の女には親切な男だ」唇が皮肉にゆがんだ。「このわたしよりもはるかに親切だ。きみもあまり反抗的にならずに、素直にふるまうほうが賢いと思うがね。結局のところ、女はそれが一番得意なのだから」

ジラは信じられない思いで首をふった。「そうでしょうか。まるで女性に意志や頭がないみたいな言いかたですね」

「そう聞こえるかな?」精悍な黒い眉が茶化すようにあがった。「そういう印象を与えたとすれば、それは本意ではないな。女も時として異常なまでの強い意志を持つことは知っている。それに頭についていえば――」片方の肩を軽くすくめた。「非常にずるがしこくもなれる」

「ずるがしこい、ですって?」ジラは不快もあらわに吐き捨てた。「なんていう侮辱《ぶじょく》的な見下した言いかた。わたしは自分に知性があると思いますけど、ずるがしこくはないわ」いやな顔をしてみせた。「あなたはいつも女に対して、そんなに小ばかにした話しかたをするんですか?」

「いいや。いつもはいたって丁重で、愛嬌《あいきょう》たっぷりだ」気取った悠長な口調で言った。「ただし、自分や自分のものに対して脅威になりうると思った相手にだけは、遠慮なく正直に言わせてもらう」

ジラは目を見ひらいた。「わたしがなにかの脅威になると考えているんですか?」

「可能性の話だ」氷のように冷たく光る瞳をしていた。「言ったとおり、ダニエルはきみに入れ込んでいる。女のことで真剣になるなど、あいつらしくない。昨日は容態の悪いあなたをかかえて、いたく感情的になっていた。感情はとかく男の防備を脆弱《ぜいじゃく》にするものだ。ミス・ダバラ、あいつを傷つけることは、このわたしが許さない。手練手管はほかの男に使うことだ。わかったかな?」

「よくわかりました」ジラは冷静にこたえた。「要するに、わたしは従順にダニエルのベッドに誘われるべきであり、なおかつ、自分は奴隷ではないという考えを起こしたり、そんなことを思ったりすることを絶対に避けるべきだ」眉をあげた。「そういうことですね?」

エル=カバルはうなずいた。「どうやら、ずるがしこいというより聡明なようだね、ミス・ダバラ。あなたの言うことは正しい」

「理解が正しいか、念のために確認したかっただけよ」ジラは相手の目を見てはっきりと言った。「地獄に落ちるといいわ、シーク・エル＝カバル」

一瞬、驚きの表情がうかんだが、すぐにおもしろそうな顔つきに変わった。「男をその場所へ送りこむことのできる女がいるのは知っているが、言葉で勧めるだけではさすがに無理だろう。もっとうまい方法を試したほうがいい」

「あなたの人生になんらかの形で影響をおよぼしたいとは、すこしも思っていません」ジラはいらいらして言った。「それにダニエルの人生にも。とにかくわたしが望んでいるのは、身体を治してザランダンへいくことです。お医者さまの許可が出たら、あとは一切あなたをわずらわすことはありません」

「ああ、あの医者は特定の患者に関してはとりわけ用心深くてね。しばらくはここに留まることになるだろう。こうして話をしておいたほうがいいと思ったのも、そのためだ」褐色の顔にまぶしい笑みがうかんだ。「楽しいときをすごすといい、ミス・ダバラ。つぎに顔を合わせるときには、わたしもちゃんとわきまえて、礼儀正しく、そつなくふるまうと約束しよう」

「それよりは、無礼でも正直なほうがいいわ」ジラは無愛想に言った。「うわべだけ礼儀正しくされてもうれしくありませんから」

用心深い目にどことなく感心したような表情がうかんだ。「ダニエルがどこに魅かれるのかわかる気がするな。正直であることにも非常に敬意をはらう男だ。だからこそ、わたしは用心して――」エル＝カバルは言葉を切った。目を細めて、考えをめぐらすようにジラの顔を見た。「敬意や賞賛は、肉欲よりもいっそう危険だ。きみのことはやはり油断なく監視する必要がありそうだよ、ミス・ダバラ」ふたたび視線がジラの上を舐めるように動き、シーツからのぞいた裸の肩のあたりにしばらくとどまった。ふいに、瞳がきらりと光った。「美的な喜びに満ちた任務だ」ジラが言葉を返す間もなく、エル＝カバルは背をむけてドアのほうへ歩きはじめた。「一センチたりとも隠してしまうには惜しい美しい肌だが、ダニエルはここに滞在しているあいだ全裸のままですごさせることに断固反対している。持ってきた服はすべて飛行機とともに炎上《えんじょう》してしまったから、わたしがマラセフの店から一式調達《ちょうたつ》させてもらったよ」肩ごしにふり返り、ふいに瞳に意地悪な光をうかべた。「心配はいらない。ここでもダニエルは自分が全額を出すといって譲らなかった。だからハンカチ一枚わたしの恩にはなっていない。まったく残念なことだ。美人に恩を売るのは嫌いではないからな。ご機嫌よう、ミス・ダバラ」

気づくとジラは、腹立ちとおかしさの入り混じった思いで、閉じたドアを見つめていた。フィリップ・エル＝カバルはまったく我慢のできない男だ。まぎれもない根っからの男性優越主義者で、領地を治める首長といえども許される以上の傲慢さを持ちあわせている。ほんの短いあいだ会話をしただけで、燃える火で焼いてやりたい気にさせられた。それでもギラとした無慈悲な表情の下から、かすかなあたたかみとユーモアがにじんでいて、どういうわけか、心から嫌いにはなれなかった。

おざなりのノックの音のあと、ドアがひらいた。ダニエルがふたをした籐のトレイを片手に、大きな箱を反対の手に持って、バランスをとりながらはいってきた。エル＝カバルよりもさらにくだけた格好で、身につけているのはカットオフのジーンズとアーミーグリーンのタンクトップだった。それでもいつものあふれるバイタリティがひかえめに感じられることはなかった。ダニエルは激しいまでの勢いで、大またでなかにはいってきた。「廊下でフィリップと会ったよ」サンダルを履いた足でドアを閉めながら険しい声で言い、どかどかとベッドに近づいてきた。「あいつは礼儀正しくしたか？」

「お客さんにいつも礼儀正しくないの？」ジラは質問でにごした。

「そうやってごまかすなよ、ジラ」ダニエルは持ってきた箱をベッドにほうって、トレイをジラのひざにのせた。「きみの答えが聞きたい」ベッドのジラのとなりに腰をおろしてトレイのナプキンをつまみあげると、その下からは卵と細長く切ったバタートーストがあらわれた。「朝食をとるんだ」

ジラは口に小さく笑いをうかべた。「どっちからはじめればいいの?」

「両方だ」ダニエルは顔をしかめた。「もっと早く来て、援護にはいってやりたかったよ。ヘリに荷物を取りにいっていた、ほんの一瞬の隙だった。フィリップがきみにいやがらせをしにくることくらい、わかっていたはずだったんだが」

「いやな思いをしたわけじゃないから、大丈夫」ジラはトーストをかじって言った。「お友達のシークに対して、わたしは一歩も譲らなかったの。でも精一杯わたしを威嚇《いかく》しようとしたんだと思うわ。か弱い女に対して、まったくと言っていいくらい敬意がないのね」

「女をとくにか弱いと思ったことがないからじゃないか」ダニエルはジラの皿からトーストをつまんで、特にあじわうふうでもなくかじった。「それに、女は全員ハレムにいるものと思いこんでいる父親がいたせいもあって、女に対して思いやりをはぐくむ機会に恵まれなかったんだろう。女に価値があるとはまったく思っていなくて、態度にもそれが露骨にあらわれている」

「女の召し使いがひとりもいないのも、そのせいなの?」

「おそらくそうだろう。聞いたことはないがね。あいつは、手ばなしに歓迎していないような言いかたをしただろう。しばらくきみがここに留まることになると伝えたら、胸に一物あるような表情をしたからな。あの顔はたいてい厄介の前兆だ。なにか言われたとしても、気にしないでくれ。フィリップはおれにとっては良き友人だ。二度と妙なことを言わないように、これからは目を光らせているよ」

「たしかに良き友人ね。だからこそ、わたしの危険な誘惑からあなたを守ろうとしたんでしょう。わたしがまるで旧約聖書のデリラで、いまにもサムソンの毛を残らず切ろうとしてるとでも思っているみたいだった」ジラは首をかしげて、ダニエルをしげしげと観察するふりをした。「ひげもあるし、全部切るのはなかなか大変そうだって言ってやればよかったかしら」

ダニエルの手が、すぐにあごのところにあがった。「このひげはあまり好きじゃないか?」

やわらかで男らしいひげが、裸の胸にこすれたときの感触がふいに脳裏によみがえり、とたんに切なく熱いものがジラの身体を駆けぬけた。視線を皿に落とした。「好きよ。でも、勝利の証しとして腰にさげたいとは思わない」ジラは微笑んだ。「その赤い色は、わたしの肌色と合わないから」

「それはどうかな」ダニエルは平然と言った。「身につけているうちにすぐに慣れるさ」トーストをもう一口かじってから、そっと言い添えた。「肌につけることにも」

驚いて顔をあげると、ダニエルの目と目が合った。穏やかなダークブルーの瞳をしていて、顔には男の色気があふれている。薄いサテンのシーツごしに脚に伝わってくる、ダニエルの硬い太ももの肌の感触が急に意識された。ふいに脚のあいだに熱いふるえが走って、ジラははっと息を吸った。

ダニエルは悪態をつぶやいて、立ちあがった。「くそ、おれは前に言ったとおりのがさつな男だ。いまのは、口が滑っただけだ」指を髪にとおした。「今後は気をつけるようにするよ」

どうしてそこまであわてるのだろう？　どぎついことではなく、含みのある言葉をもらしただけなのに。それなのに、まるで修道女を誘惑してしまったかのように動揺している。

「べつに気にしてないわ」ジラは戸惑いながら口にした。

「よかった」ダニエルは短く言った。ベッドに身をのりだして、朝食といっしょに部屋に運んできた大きな箱のふたをあけた。「これはきみのものだ。ヘリにまだあと何箱か積んである。残りは使用人があとで運んでくるよ。この箱を見たら、さしあたり必要なものがそろっていそうだった」そう言って、ダニエルは小さなレースの下着とチョコレート色のネグリジェを取りだした。けれどひろげてみると、ただのアコーディオンプリーツの透けた布といった感じの代物だった。「こんなことじゃないかと思ったよ。フィリップのやつは、自分の側女《カディム》がいつも使っている店に注文を出したんだ」

「あの人の女性に対する言動からすると、あまり驚かないわ」ジラはそっけなく言った。

「女の役割とはそういうもので、それに合った服装をするべきだと考えているみたいだから。あなたの友人がとても気に入ったとは、わたしはまちがっても言えない」

「そこまでひどい態度だったのか？」ダニエルは憂鬱な顔で言った。「おそらくそうだろうな。まあ、言動については好きになれないかもしれないが、きみが一目置くにちがいない面もある」

「どんなところ？」

「乗馬の名手で、中東のなかでももっとも有名な厩舎《きゅうしゃ》のオーナーでもある。体調がよければ、明日、連れていってやろう」

ジラの顔が輝いた。「馬がいるの？　すごく見たいわ。今日じゃだめ？　もう、気分は悪くないの」

ダニエルは首を横にふっていた。「今日はだめだ。治ったような気がしても、昨日の熱の影響が出かねない。医者は数日間は安静にするよう言っている。要するに、今日は一日ベッドで寝てろということだ」

ジラは不満に顔をくもらせた。「でも気分はいいのよ。ふだんは身体はすごく丈夫なの。どうしてサソリに刺されたくらいでこんなに大事になるのかわからない」

「アニー・オークレーとカラミティ・ジェーンを足して二で割ったような西部のタフな女の

つもりでいるんだろうが、今日は椿姫のように寝ていることだ」ダニエルはドアのほうをむいた。「朝食を食っとけ。書斎にいって、退屈しのぎのゲームを探してくるから。好きなものはあるか?」

「馬が見たい」ジラはしつこく言った。「シークの許可なく乗ったりは絶対にしないから。ただ見るだけよ」

「ゲームにしとくんだ」ダニエルは取りあわずにくり返し、ドアをくぐった。「数分後にトレイをさげにくる。ちゃんと食えよ」

またしてもこの態度だ。サソリに刺されて弱っているというだけなのに、ダニエルはまるでジラに意志や考えがないかのようなあつかいをして、自分が主導権をにぎり、命令を押しつける。ジラはひざの上のトレイをベッドサイドのテーブルにどけた。これ以上食べたくなんかない。それに、命令も一日分としてはもうたくさんだ。最初はエル=カバルの横暴な命令、そしてダニエル。ベッドで安静にして世話を焼かれるつもりはなかった。ダニエルはもう十分につくしてくれた。もどってきたら、そのことを伝えよう。でも、とりあえずはダニエルの言う弱々しい椿姫のような姿から脱していたほうがいい。まずはシャワーをあびて、歯を磨いて髪を洗って……。

そう思うが早いか、ジラはさっそくシーツをはいで足を床におろし、ダークブラウンのネグリジェを手に取った。思ったとおりのシースルーで、ジラは顔をしかめつつ透ける素材に腕をとおして、一番上のボタンをとめた。ブラジャーとパンティを手に持って、バスルームの入口だと思われる、部屋の奥の繊細な彫刻のほどこされたドアを見やった。ゆっくりと立ちあがってみると、脚にはうまく力がはいらず、右の足首が抵抗するようにさかんに脈を打った。すぐに治まるはず。ジラは気丈に自分に言い聞かせた。頭もくらくらしたが、二十四時間近くベッドで横になっていたのだから、無理もないことだ。深呼吸をしてみると、いくらかめまいが軽くなった。

とにかく焦らないこと。そうすればきっとなんとかなる。ジラは一歩前にふみだし、それから、そろそろともう一歩足を出した。けれど、精神力で肉体に打ち勝つという方法論は、今回は通用しないようだった。ひざががくがくとふるえだして、部屋のなかほどに来るころには抑えがきかなくなった。おかげで、ペルシャ絨毯の端に軽く足を引っかけただけで、床に投げだされてしまった。

「もういや!」情けない気持ちになって涙がこみあげ、ジラはそれを懸命にこらえた。ちょっと転んだだけで悲しくなるなんて。惨《みじ》めなほど弱っているせいだ。なんとかひざをついて、もう一度立ちあがろうとしたそのとき、ドアが大きくひらいた。

「おい、なにをしてる!」ダニエルが大声をあげた。ドアを乱暴に閉めると、部屋をどかどかと横切って、持ってきた三つの箱をベッドにほうった。「自分のやっていることがわかってるのか？　すこしのあいだ部屋をあけただけなのに、もう勝手に起きだして歩きわまってる」ダニエルはジラの目の前に立ち、濃い青色の瞳をぎらつかせた。肩をつかんでジラをぞんざいに立ちあがらせた。

「シャワーをあびたいと思っただけよ」ジラは言いわけするように言った。「あと歯も磨きたいの」

「そしたら馬を見にいくんだろう」ダニエルが吐き捨てた。「あんなことを教えてやるんじゃなかった」

「馬を見るのは、もっとあとにするつもりだった」ジラは毅然《きぜん》としてこたえた。「とにかく、身体をきれいにしてさっぱりしたかっただけ。だって、汚れてるんだもの。ほら、見てみてよ、わかるでしょ」

「ああ、見てるよ」ダニエルは声をかすれさせた。部屋に足を踏み入れた瞬間から、そのことだけは必死に避けてきたのに。ダークブラウンのネグリジェの下からは、美しくもみずみずしい裸が透けて見えている。身体を隠すというよりはヴェールでおおっているだけの布地ごしに、ふっくらとした胸の先についた濃いピンク色の乳首と、細くなめらかなウエストと腹が丸見えになっていた。視線が、脚のあいだの黒っぽい三角の影に吸いよせられて、ダニエルの下半身が欲望に脈打った。陽光に輝く髪が明るい雲のように肩のまわりにふんわりとかかり、思わず手を伸ばして、その髪に指をからめたくなる。そしてこっちに抱きよせて、黒っぽいやわらかな箇所に自分の硬くなったものを押しつけてやりたい。

ゆうべの洞窟のときのように、ジラが自分のために胸の先を硬くして、肌をこすりつけてくるのを感じるようだった。いまではダニエルの視線を受けてつんととがり、それを見たダニエルは痛いほどの欲望におそわれた。ベッドはあまりに近い場所にあり、ジラもその気になるはずだ。最初は怖がるかもしれないが、ゆうべは自分に応えてくれたではないか。いまだって応えている。喉もとの血管が激しく脈打っているのを目にし、ダニエルは片手を伸ばしてつつみこむように首において、うきたつ脈にそっと親指をあてがった。身をかがめると、ふたりの唇と唇は、息がとどくほど近くに迫った。ハサンに殴られたかすかな切り傷の痕が見え、にわかに単純な怒りがこみあげて、なぜかしら欲望がますます燃えあがった。「唇はまだ痛むか？」

「唇？」すっかり忘れていた。ジラは、一瞬遅れで思考力を取りもどした。ダニエルの手に軽くふれられ、熱い欲望にかすむ瞳で見つめられただけで、呪文をかけられたようになっていた。「ああ、ええ」そわそわと舌で唇を湿らせた。喉においたダニエルの手にぎゅっと力がはいった。「もうぜんぜん痛くないわ」

「それはよかった」ダニエルはかすれた声で言った。ふたりをへだてる薄い素材ごしに、ジラの体温が伝わってくる。あとほんの一度、手を動かすだけで、ネグリジェをめくって胸をつつむことができる。そしてピンク色の乳首に唇を寄せて、欲情をさそうあの切ないあえぎ声があがるまで、歯をあてて強く吸うのだ。ジラは洞窟の暗闇のなかでしたように、肩に爪を立ててくるだろう。今朝シャワーをあびたとき、その爪の痕がいまも身体に残っているのに気づいた。そんな小さなことで、急にむらむらとした興奮をおぼえ、シャワーの温度を湯から冷たい水に変えねばならないほどだった。爪を立ててきたら、今度はすべすべしたあたたかな背中に手をあてて、ゆっくりと下へ這わす。そして、手のひらで尻をつつみこんでジラを抱きあげ、痛いほどにそり返る股間に押しあてて、受け入れさせる――。

受け入れさせる！　無意識の想像に愕然として、身体にショックが走った。あともうすこしで、ジラの希望などおかまいなしに、さかりのついた獣のように押し倒してしまうところだった。股間の苦しいまでの高ぶりを解き放つことしか頭になかった。自分にむかついて吐き気がする。彼女には手を出さない、信頼を勝ち取りたい、そう昨日クランシーに言ったばかりじゃないか。すべての男が野獣ではないと自らが教えてやるはずだったのに。背景にある悲劇さえなければ、こんな皮肉な立場を滑稽《こっけい》だと笑えたかもしれない。自分がなにをしようとしていたか気づいたいまになっても、発情した雌のにおいをかいだ雄犬のように、なおも身体をふるわせている。そしてこの状況のなかでもとりわけ胸がよじれるのは、ジラがダニエルの身に起こっていることをまるで理解していないということだった。ダニエルを見あげる瞳には、いぶかしげな色がはっきりとうかんでいる。子どものころの体験があってなお、驚くべき無邪気な心を持ちつづけているのだ。強姦《ごうかん》といったものは知っているが、もっと微妙な欲望の高ぶりは察知できない。〈黄色い扉の館〉ですごした時期はジラにとっては別次元の話で、ふたりの関係とはつながってこないらしい。洞窟で交わったのも、ダニエルの一時の心の変調のせいだと理解している。そういう見かたをしてくれたことをありがたいと思うべきなのかもしれない。

ダニエルは首から肩に手をおろして、そっとジラを押しやった。おれたちはどんな会話をしていた? 記憶にあることといえば、つややかに隆起した胸と、てっぺんの濃いピンク色の突起と……。「シャワーをあびたいんだったな?」

シャワー? そう、シャワーをあびたいのはまちがいない。ジラは思った。またしても全身がふるえて、ひざの力が抜けそうだった。今度は弱った身体のせいではなかった。「そう、シャワーをあびにいくところだったの」ジラはぼんやりとこたえた。

「じゃあ、どうするのがいいか考えてみよう」ダニエルは肩をつかんでいた手をはなして、一歩身を引いた。ジラはふらつき、ダニエルがあわてて身体を支えた。「ろくに立ってもいられないじゃないか。こんな状態でどうやってシャワーをあびるんだ？　おれが助けにいく前に、気を失ってなかで溺れるのがおちだ」

　また、怒っている。ジラは自分をつつみこむエロチックな霧をふりはらって、頭をクリアにした。ほんのすこし前までは優しかったのに、急にいらいらしだしたのはどうして？　表情をさぐってみても、いまでは厳しさ以外なにもうかんでいない。胸がきゅんと痛んだ。ジラはあごをあげた。「自分でなんとかするわ。助けてもらわなくても平気だから」

「平気なはずあるか」ダニエルは左腕でジラをかかえこみ、半ば押しやるようにしてバスルームの入口のほうまで運んだ。「フィリップのお付きのラウールの手を借りたくなかったら、選択肢はおれしかない。いやかもしれないが、こっちこそ好んでこの役を買って出ているわけじゃないからな」

　ダニエルが扉を押しあけると、豪華で贅沢なバスルームがあらわれた。壁の一面は、鏡のついた長い洗面台が占領している。扉のすぐ左側の奥には、すりガラスの扉で仕切られたシャワーブースがあり、中央には小さなプールほどもある浴槽が床に大きく掘られていた。バラ色とアイボリーの花模様のタイル張りで、むこうに側についているゆるやかな二段のステップを使って、きらめく水の底へおりるようになっていた。

　ダニエルは入口の扉を乱暴に閉めてジラを洗面台の上にのせると、浴槽の端についた金色の蛇口のところでひざをつき、栓を一気に全開にした。もうもうと蒸気が立ちのぼるなか、ダニエルは床に尻をついて、意識してジラから目をそらし、ほとばしる湯を見つめた。「一分もすればいっぱいになる」

「シャワーをあびるつもりだったのに」

「風呂のほうがいい。シャワーだとブースにふたりではいらないといけない。それはすこしばかり窮屈だろう」

狭い空間で身を寄せあうことを想像したとたんに、ジラの喉が締めつけられた。「そうかもね。お風呂につかれば、あとは自分でなんとかできるわ」

「できるはずがないだろう」ダニエルが浴槽のそばのトレイから小さなクリスタルの瓶を取ってピンク色の液体をそそぐと、たちまち湯のなかに無数の泡があふれた。「おれが入れてやる。そうすれば安心だ」

「バブルを入れすぎじゃないの」

すでに泡でいっぱいになった湯に、ダニエルはなおも中身をそそごうとしていた。「それはちがうな」険しい口調で言った。「今回にかぎっては、泡が多すぎて困ることはない」からになった容器をわきにおいて、熱すぎないか確認してから湯を止め、しなやかな動きで立ちあがった。「さあ、とっとと終わらせよう」

ダニエルはジラを洗面台からおろして、物をあつかうような無関心な手つきでネグリジェの上のボタンをはずした。

薄いネグリジェを脱がされて抱きかかえられると、ジラの身体にふるえが走ったが、裸になったせいではなかった。ダニエルはものすごくよそよそしくて、あまりに冷たかった。こんなにも彼が冷たくなれるとは想像もしていなかった。「手間はかけないわ。バスタブにはいっちゃえば――」

「ジラ」ダニエルは声をしぼりだした。「口を閉じるんだ」

それからジラは、もこもことした泡の山のなかにゆっくりとしずめられた。くしゃみが出た。「やっぱりバスバブルの入れすぎよ。これじゃあ、泡のなかで溺れそう」

ダニエルはジラから手をはなして立ちあがった。蹴るようにしてサンダルを脱ぎ捨てながら、じっくりとジラを見た。たしかに、そのとおりだ。あの愛らしい身体は一センチたりとも見えない。あごのところまですっかり泡につかっている。その姿を目にしているうちに緊張が外に流れていった。「いいんじゃないか」にやりと笑って言った。「それなりにかわいいぞ」

ジラはもう一度、鼻をむずむずとさせた。「すこし水を抜いてよ」

「その必要はないさ。数分であがるから」ダニエルは浴槽のステップを一段おりたところに陣取って、ジラにスポンジと石けんを放った。「ここに来て、ひざのあいだにすわるといい。髪を洗ってやるから、そのあいだにあとは自分で洗うんだ。いいな？」

「わかった」ジラは喜んでこたえて、一段目の、素肌もあらわなダニエルの太もものあいだにはいった。さっき感じたのは、たぶんジラの勘ちがいだったのだ。いまのダニエルには冷たいところも険しいところもない。「泡で窒息する前にここから出ようと思ったら、あまり選択肢はなさそうね」

「うしろによりかかって。もうすこし髪を濡らさないと」ダニエルはシャンプーをたっぷりと髪にふりかけて、香りたつ泡で丹念に角やカールをつくって遊んだ。「十八世紀に生まれていたら、きみは美しい貴族のレディになっただろうね。白い大きなかつらが、きっとよく似合う」

「褒められてうれしいわ」ジラは気持ちよさそうにスポンジで首すじや背中を洗った。「でも、じつは泡が好きなんでしょう。こんなにシャンプーをつけたら洗い流すのに時間がかかるじゃない。きっと、子どものときはお風呂のなかにおもちゃを持ちこんで、何時間でも遊んだくちね」

「孤児院じゃ、シャワーの時間はきっかり七分と決められていた。バスタブはなし。ゴムのアヒルもなかった」ダニエルは淡々と言って、優しい手つきでシャンプーを髪にすりつけた。

「悪がきどもには、それで十分だということだったんだろう」

涙が目にしみたが、ジラはなんとかこらえた。「そんなふうに思われるほどの悪がきだったの?」

「ああ、もちろんだ」肩をすくめて言った。「おれは着々と学校の改革を押し進めていたが、そのうちに軍隊にはいって世界を見ようと思い立ったんだ」ダニエルの手がつかの間止まった。「そのときの遠征で見たのはベトナムだけで、あそこはとても美しい世界とはいえない場所だった」ふたたびマッサージする指がゆっくりと動きだしたが、声はどこかうわの空だった。「だがおれは、そのなかで生き延びることを学んだ。なにがあっても生き延びてきた。おれに特別な才能があるとすれば、状況に順応して、自分にいいように変えていく能力だろう」手が去って、突然、語気が荒くなった。「状況を自分にいいようにねじ伏せてきたんだ。そういうおれのやりかたを批判する連中も少なくない。だがおれは弁明もしないし、したいとも思わない。おれが荒っぽい人生を生きてきたのは、そうした生きかたしか知らなかったからだ」

「そんなに言いわけしなくてもいいのに」ジラは優しく言った。「その必要はないわ。わたしが相手のときにはね。あなたがどんな人間だかわかってるから。どんなことをしてきたにしても、それは生きるためだったのよ」ジラは深々と息を吸った。「逆境を生き抜くことについては、わたしもまったく理解できないわけじゃないから」

「そうか?」ダニエルは喉をつまらせたような声を出した。「ああ、そうだろうな」つかの間の重苦しい沈黙ののちに、ダニエルはわざと明るい口調で言った。「たしかに、おれと会ってからも、ずいぶんたくさんの逆境を乗り越えてきた。ハサン、サソリ、それに、おれという男。まちがいなく、きみも困難を生き抜く人間だと言っていいだろうね」ダニエルはいきなり立ちあがった。「じゃあ、いまからそのお手並み拝見といくか」――声を低くひそめて演劇風に言った――「殺人バブルの泡攻撃だ。さあ、蛇口の下にはいって髪を流すんだ。おれはタオルを取ってくる」ダニエルは浴槽をまわって、奥のシャワーのとなりにある、ルーバー扉の棚のほうに歩いていった。

タオルひとつ選ぶのにずいぶん時間をかけている。ジラは不思議に思いながら、髪をていねいにゆすいで、身体についた泡をできるだけ洗い流した。ダニエルはタオルの積まれた棚を無意味に長々とのぞきこむあいだ、ずっとこちらに背をむけていた。

「もう出る準備はできたわ」

「こっちの準備が問題なんだよ」ダニエルはひとりでつぶやきながら、目の前のタオルの山から大きなバスタオルを一枚引っぱりだした。それから、意を決したような顔でタオルをひろげながらもどってきた。ジラは湯からあがり、まだ完全に立ちあがってもいないうちに、ダニエルのタオルにくるまれてバスタブから引きあげられた。ふんわりしたタオルごしに身体をこすられているあいだも、親密な空気はまるでなかった。それが終わると、ダニエルはタオルをジラの身体に巻きつけて両端を胸もとに押しこんだ。それからまたべつのタオルを取って、おなじようにてきぱきと事務的に髪を拭き、まだ濡れている髪にそのままターバンのように巻きつけて、両腕でジラを抱きあげてベッドルームにもどった。

「こんなことをずっとやらされるんじゃ、大変でしょう」ジラは遠慮がちに言った。「これが最後だって約束するから。明日になれば、自分でなんとかできるはずよ」

「そうやって、おれに心配をかけさせるのか?」ダニエルはジラをベッドにもどしてサテンのシーツをかけた。「でも、きみの言うとおりだ。なにか手を打つ必要がある。毎日これじゃたまらないからな。おれは侍女を務めるには不向きだ」

またしても意味のない涙がこみあげてきた。こんなことで拒否されて傷つくなんてばかみたい。ジラは笑おうとした。「そういうことが苦手だとしても、今回はなかなかいい仕事をしてたわ。親切にありがとう」

「適当にやっただけだよ」ダニエルはそっけなく言った。「それに、おれは親切な人間なんかじゃない。言っただろう、逆境を生き抜く男だ」髪をかきあげた。「もっとも、こうしたことはこれ以上耐えられるとも思えない。フィリップに相談して、体調が回復するまでメイドを用意してもらおう」

「シークの家のなかを乱す理由はないわ」ジラはつんと顔をあげた。「それにあなたがこれ以上面倒をみる理由もない。セディカーンに連れてきた時点で、もう役割は果たしたんだから」しっかりと相手の目を見つめた。「わたしに対して義務があるなんて思わないで、ダニエル。わたしには、あなたになにかを要求する権利はひとつもないの」

さまざまな感情が、ダニエルの顔の上につぎつぎとあらわれては消えた。おもしろがっているような表情、憤り。それに優しさのようなものが一瞬見えた気もした。

「また、くり返しだ」ダニエルはベッドのとなりに腰をおろして、ジラの手を取った。「どうやらいまのうちに、はっきりと話しあっておいたほうがよさそうだな。おれは、ものごとをはぐらかすのは苦手だ」手のなかにあるジラの両手に目を落として、眉間にしわを寄せた。「いいか、洞窟のなかで起こったことはまちがいだった。それは、おたがいが思っていることだろう」親指が意味もなくジラの手首の淡い静脈をこすった。「ともかく、ああした危険がきみに二度とおよぶことはないとわかってほしい。きみさえよければ、あれはなかったことにして一から関係をはじめたいんだ。おれはどんなときにも乱暴者だというわけじゃないから」

「わたしの前で乱暴だったことはないのに」ジラは声をつまらせた。彼がべつの方向をむいていてくれていてよかった。胸に突き刺さった言葉の痛みをやりすごす時間をかせぐことができる。あらためて驚く発言じゃない。洞窟での一件は、ジラにとってはとても意味のある出来事だったけれど、ダニエルにとってはそうでもないのだろうと前から思っていたくらいだから。

ダニエルの口がゆがんだ。「優しいことを言ってくれるが、おれがどんなだったか思いだしてもみろ。おれは、まちがいを犯したんだ。憎まれなかっただけでありがたい」目をあげたダニエルの顔には真剣な表情がうかんでいた。「細かいことは苦手だが、友情についてはわかっているつもりだ。許してもらえるなら、きみといい友達になりたいと思っている」うなるように声をしぼりだした。「おれには真の友人といえる相手は多くはいない。友達になりたいと言ってくれたとき、その言葉がありがたくて、心にしみたよ。あれがまだ有効だといいんだが」

「有効よ」ジラはそっと言った。望んでいたのとはちがうけれど、なにもないよりはましだった。ふたりのあいだにすばらしい友情を築くよう懸命に努力していけば、それで十分なのかもしれない。人生がそう簡単にご褒美《ほうび》をくれるものではないことは、すでに知っているはずだった。「あなたのいい友達になるわ」

「きっとそうなれる」じっと目を見つめたままジラの手を取って、そっと手のひらに唇を押しつけた。「きみは特別な女性だ。大事な友よ」ダニエルはとても壊れやすい繊細なものをあつかうように、慎重にジラの手をベッドの上にもどした。「さて、なんのゲームをするかな？　持ってきたのはトリビアル・パスートとモノポリとチェッカーだ」ダニエルはジラの上に身をのりだして、ベッドにほうってあった箱の山に手を伸ばした。

「なんでもいいわ。好きなのを選んで」ジラはダニエルの左の太ももに残る、長いぎざぎざの傷痕に気を引かれていた。ひざの上からはじまって、カットオフしたジーンズのほつれた裾の奥までつづいている。「これ、どうしたの？」

「なにがだ？」

ジラは引きつれた傷痕を指でなぞりはじめた。ダニエルが火をあてられたように身を引いた。ジラはあわてて目をあげた。「まだ痛いの？」

ダニエルは首をふった。「びっくりしただけだ」しわがれた声を出した。「古いナイフの痕だよ。もう何年も前になる」

ジラは指でさらに傷痕をなぞった。「ずいぶん深い傷だったみたいに見えるわ」ダニエルの太ももはとても硬くてたくましかった。指でなでていくと、ますます筋肉が硬くなった。こんなふうに力がはいるのは、傷を受けたときの記憶がよみがえっているから？「傷はちゃんと治ったの？」

「そう思うね。その後はずっと意識したことがなかったから」太ももの筋が緊張で引きつった。「今日までは」

「今日まで？」ジラは聞き返した。「きっと、わたしをかついで延々と歩いたせいで……」

「ちがう」ダニエルはジラの手をはらいのけて唐突に立ちあがった。「もう平気だ。厩舎と障害コースを見たいか？」

ジラは目を丸くした。「だって、今日はゲームをするって言ったじゃない」

「気が変わった」ふりしぼるような声だった。「今日はモノポリみたいなゲームで長いことふたりきりで遊ぶ気分じゃない。ここから出たほうがいい」ダニエルはバスルームに消え、もどってきたときには手に小さなドライヤーを持っていた。ジラにわたして言った。「残りの服をすぐとどけるよう召し使いに伝えてくるから、そのあいだに髪を乾かしておくといい。運動向きの服を用意しろと、とくに指示を出しておいたんだ。ビキニでなくジーンズを持ってくることを祈りたいね。フィリップの女たちは、寝室の外じゃあまり運動をしないからな」

「でも、厩舎をめぐるのは、今日はまだ体力的に無理だって言ってたのに」

「そうだ。だからおれがかついでいく」

「そんなのっておかしいわ。わたしは歩け――」

ダニエルの手がジラの口をおおった。「ジラ、反論はそこまでだ」ふいにうかんだあたたかな笑顔に、ジラの息が止まった。「友達のあいだでは譲りあうことが必要だ。おれは希望をかなえてやろうとしているんだ。そっちも、一歩くらい譲歩するべきだろ」

こういう愛嬌のある優しい笑顔でいてくれるのなら、なにを譲ってもいい。ジラはダニエルがさっきやったように、手のひらにそっとキスをした。「わかった」穏やかにこたえた。「一歩譲るくらいどうってことないわ。でも、今日だけよ」

「ああ、そうしよう」ダニエルは背をむけて、さっさとドアのほうへ歩きだした。「毎日、一歩ずつだ」

6

　ダニエルは、厩舎と放牧地をへだてる白いフェンスの上にジラを軽々と持ちあげた。「ほら、ここにいれば全体が見渡せるし、馬の運動をする係りのじゃまになることもない。厩舎の朝は、ケンタッキーダービー前のチャーチルダウンズ競馬場並みにあわただしいからな」

　ジラは片足をあげて柵にまたがった。周辺同様に清潔に保たれた、長く連なる平屋の厩舎のようすを熱心にながめ、それからフェンスの反対の青々とした放牧地に目を移した。そこにはジャンプレース用のさまざまな障害物がおいてあった。「ほんと、忙しそう。すてきな場所ね。前に見たカリユメットの厩舎の絵を思いだすわ」

「そのはずだ」ダニエルは淡々と言った。「フィリップの父親はこの厩舎を建てる前に、調教師をカリユメットに送ってノウハウを勉強させた。ひとり息子のためにはつねに最高のものを、というわけだ」のんびりとフェンスによりかかって、煙草に火をつけた。細く煙を吐きだすと、目を細くしてジラを観察した。「さっきよりすこし元気になったように見えるぞ。

屋敷からここにくるまでは、ずいぶん無口だったな」煙草の先に目を落とした。「お母さんとは連絡がとれたかい？」

ジラの顔から微笑が消えていった。「ええ」ジラは障害コースに目をやった。子どものような係りが大きな黒い種牡馬《しゅぼば》を必死になってあやつろうとしている。身体は小さいが、なかなかの乗り手だとジラは思った。「母はとても喜んでたわ。近いうちに会えるのを楽しみにしてるって」言葉がうまく出てこなかった。「母は泣いたの」

「それは気まずかっただろうね」ダニエルは優しく言った。「親子は仲良しなのか？」

「むかしはね」ジラは落ち着きなく身体を動かした。「ずいぶん長いこと会ってないから」つぎの言葉が出てくるまで、しばらく沈黙がつづいた。「いまでは、わたしがいっしょだと気が重いみたい。たぶん罪悪感があるのよ」

「罪悪感？　どうしてそんなものを感じるんだ」

「感じる必要なんてないの。そう言ってるんだけど」ジラの手が無意識に柵をにぎりしめていた。「母はわたしが……病気になったことで、自分を責めてるの。仕事でほったらかしにして、わたしを祖母のところに預けていたことをね。それもあって、わたし、セディカーンにもどってきたの。だれもあんなふうに罪の意識を背負って生きていく必要なんてないでしょう。わたしはこうして元気で幸せにやってるって、見せたかったの」

「実際、そうなのか?」

ジラは毅然と顔をあげた。「もちろんよ」視線がふたたび黒い馬に乗った少年のところにもどった。「ねえ、見て。ジャンプさせようとしてる」ジラは顔をしかめた。「あのバーはやけに高くない? 二メートル近いジャンプに見えるわ」

ダニエルは相変わらずジラの顔を見つめていた。「フィリップのかかえるスタッフは全員とても優秀だ。心配にはおよばない」

「そんなに優秀になれるほどの年齢には見えないけど。せいぜい十一とか十二よ」

ダニエルの顔がなにげなく牧場のほうにむいた。彼は低く毒づき、煙草を地面に投げ捨ててブーツの踵《かかと》でつぶした。一度の俊敏な身のこなしで、フェンスのジラのとなりにのっていた。「パンドラ。フィリップに殺されるぞ」

「その可能性はたしかに否定できないな」フィリップ・エル=カバルが加わってきて、フェンスにあがりながら険しい口調で言った。茶色い乗馬ズボンに白いシャツという服装に着替えている。使いこまれた黒いブーツは最上級の革を使っていた。今朝、顔を合わせたときとくらべても、さらに居丈高《いたけだか》に見えた。「あれが自殺行為とならなければ、だがね」

「パンドラ? あれは女の子なの?」ジラは驚いてたずねた。黒いリブ編みのセーターにすり切れたジーンズという格好のやせた人物は、筋張っているし、強そうに見えた。目深《まぶか》にかぶったグレーの帽子は髪をすっぽりおおい隠し、顔が陰になっている。ジラが少年に見まちがえたのも無理もなかった。

「あいつの性別については議論の余地がある」エル＝カバルが言った。「本人もまだ自分が女だという事実に気づいていないのだ。将来オリンピックで優勝するか、ウィリー・シューメーカー以来の偉大なジョッキーになることしか考えていない。どっちのほうが最大の賞賛を得られるか、まだ決めかねているらしい」

「パンドラ・メトヒェン」ダニエルが補足した。「医者のカール・メトヒェンの娘だ。フィリップが邸内に医務室をもうけるにあたって、呼びよせた医者だよ」

「訂正しよう。あれは悪魔の娘だ」シークが言った。彼は、馬の首に身を低くしてしがみつき障害物にむかってスピードをあげる小柄な少女に、じっと目を細めた。「流浪の民がおいていったんだろう」

「止める気はないのか？」ダニエルがおもしろそうに言った。「あの馬はオイディプスだろう。あれに乗るのは禁じていると思っていたが」

「そうだよ。しかし、ジャンプを止めるにはもう手おくれだ。近づいていって鞍《くら》から引きずりおろそうとすれば、馬がびっくりする」強い表情を見せるフィリップ・エル＝カバルの顔のなかで、ターコイズのガラス玉のような瞳が光っていた。「跳び越してこっちにまわってくるまで待たねばならんだろう」

ジラは身をふるわせた。エル＝カバルの怒りは、抑えられているぶんいっそう恐ろしく感じられた。「まだほんの子どもだわ」ジラはおずおずと言った。

「十五だよ、ミス・ダバラ」馬上の少女から目をはなさずに言った。「十分に聞き分けのできる歳だ。常識を持ち合わせていないとしてもね。この厩舎では、そのうちのいずれかが絶対に必要だ」

黒い馬の筋肉がジャンプを前にして硬く盛りあがった。つぎの瞬間、空にむかってとびだして、二メートルではなく一メートル程度の障害を越すように軽やかに宙に浮き、そして反対側に完璧な体勢で着地した。

「みごとだわ」ジラはため息をついた。「すばらしい騎手ね」

「わたしが見てきたなかで最高だ」シークは言った。「そしてもっとも向こう見ずだ」フェンスから放牧地内におりたった。「ダニエル、ミス・ダバラを屋敷に連れ帰ってくれたまえ。パンドラにどんな罰を与えるかはまだ決めていないが、さしあたり、椅子にすわれなくなるくらい尻を打ってやるかもしれない」ふりむきざまに、ゆがんだ笑みを見せた。「お迎えしている客人の細やかな感情を害したくないからね」

ジラは、彼が早足で少女に近づいていくのを目で追った。少女は挑発的な反抗の言葉が聞こえてきそうな身構えをして、馬にまたがったまま放牧地のむこうで待っている。「ほんとに体罰を加えるつもりじゃないんでしょう？」ジラは心配になって言った。「ドクター・メトヒェンに電話して伝えたほうがいいとは思わない？」

ダニエルは頭をふった。「メトヒェンの手に負える娘じゃない。おそらく、最初からしつけをあきらめてるんだろう。三年前にセディカーンに来たときからずっと、勝手に走りまわらせているからな。パンドラが従うのはフィリップだけだ」肩をすくめた。「いつも従うとは言わないが」

ダニエルは地面に立ち、大きな手でジラの腰を持ってフェンスからおろした。「さあ、屋敷にもどるぞ。今日のところは、十分見物しただろう。明日、もっと体調が回復したら軽い乗馬に連れていってやるよ」

ジラの落ち着かない視線が、大きな馬の背の少女のところに舞いもどった。「でも、わたしたち、たぶん……」

ダニエルはジラのあごをもって自分にむけさせた。「フィリップは傷つけたりはしない。というより、パンドラにはとてもよくしてやってるよ。厩舎に自由に出入りさせているし、屋敷じゅうついてまわられても、許してやってる。それに、村を好き放題に暴れまわっているときでさえ、悪いことが起こらないように目を光らせている」ダニエルの唇が引き結ばれた。「だがオイディプスはまだ半分野生で、パンドラには力が強すぎる。フィリップにはそれがわかっているから、自殺行為を断じてやめさせるつもりでいるんだよ。きみの印象は芳《かんば》しくないようだが、フィリップにはああ見えて多くの長所がある。正直であくまでフェアな男さ。プレイボーイを気取って楽しんでいるところもあるが、おれが見てきたふつうの男たちとおなじように、ちゃんと働いてもいる。自分の土地から巻きあげるだけ巻きあげておいて、引き換えになにもしないような、ただの放蕩《ほうとう》者の支配者じゃない。灌漑プロジェクトに何百万もの巨費を投じて、砂漠を農地に改良しようと努力しているんだ。フィリップがこの首長国を継いでから、ここの教育水準とひとりあたりの所得は一気にあがった」ダニエルはジラを軽々とかかえあげた。「だからパンドラのことは心配いらない。フェンスの柱に縛りつけて鞭でたたくようなことはしないさ。パンドラにしても、きみのお節介はいらないだろうよ。口出しされても喜ばないはずだ」

ジラは大またで歩くダニエルにすぐにぴったり身を寄せて、厩舎の敷地を運ばれた。「あんなふうに勝手にさせておくべきじゃないわ。危ないじゃない。もしも万が一のことがあったら……」

ほんの一瞬、巻きつけられた腕に力がこもったのがわかった。「パンドラが危ない目にあうことはないよ」ダニエルは優しく言った。「フィリップが守っている」ジラの頭のてっぺんをキスとはいえないほど軽く唇でこすった。「それに、きみが危ない目にあうこともない。おれがついてる。さあ、もう心配するな。部屋にもどるぞ。すこし眠ったほうがいいだろう。夕食の時間に起こしてやるから」

「まだ厩舎のなかを見せてもらってないじゃない」形だけの抗議にしかならなかった。ジラは突然、猛烈な疲れを感じて、すっかり元気が失せた。

「四本足の動物にここまで入れ込む女に会ったのははじめてだ。馬に夢中のカウガールの守護天使を演じて、いっしょに馬にまたがるはめになるとは、思ってもみなかったよ」

ジラは驚いて目をあげた。「乗馬はしないの？」

ダニエルは首をふった。「そういう人間もいるのさ」しずんだ口調で言った。「きみやフィリップみたいな馬乗りにとって理解できないのはわかるが、あえて乗りたくないと思っている人間も多少はいるんだ。おれが最後に乗った動物は、この世に生まれたなかでももっとも頑固な驢馬《ろば》だった。アンデスをいくのに、丸二週間ひどい目にあったよ」ダニエルはジラを見おろして睨むふりをした。「なにを笑ってるんだ、この薄情な女め。トラウマになるほどのひどい経験だったんだぞ」

「そうでしょうね」ジラはくすくすと笑った。「でも安心して、馬に乗るのはもっと快適だから。わたしが教えてあげる。きっと楽しいはずよ」

「そうか？」ダニエルは怪訝そうに言った。「地中海をのんびりクルーズしながら静養しようと誘ったとしても、きみは聞き入れないだろうね。じつはマラセフの港にヨットをつないであるんだ。おれは馬に乗るより波に乗るほうがよっぽどうまいんだがな」

「最初からあきらめないの」ジラはにんまりとした。「すぐに乗りこなせるようになるから。船をあやつったり飛行機を爆破したりするよりも、ずっと簡単よ。それに、教える役っていうのも悪くなさそうね。あなたがなんでも完璧にこなす人じゃないのを見るのも、けっこう楽しいかもしれないわ」

ダニエルはまじめな表情になった。「どっからそんな考えを得たんだ？　おれは天才肌を気取るつもりはまったくないよ。呑みこみはわりと早いほうだし、こういう生き方のおかげでいろんな技が身についたが、たぶん、きみのほうがよっぽど学がある」肩をすくめた。「なにしろこっちは、仕事を引退したつい二年ほど前に大学の学位を取ったばかりだ。きみに教わることは、いくらでもあるだろう」ダニエルはジラを見おろして笑った。「おれが教えられることも、多少はあるかもしれない。そのあたりをさぐってみるのも、おもしろいかもしれないな」

「きっとそうね」穏やかにこたえた。ダニエルは本気でそう思っているのだと気づいて、ジラはかすかな驚きをおぼえた。彼は自分がどれだけすごい人間なのかわかっていない。ユーモアに知性、山をも動かすことのできる断固たる意志。そうした資質を備えているのに、とくに人よりすごい人間ではないと純粋に信じている。「そういうことができるのが、友達の大きな楽しみだと思ってるわ」ジラは胸に感じたかすかな痛みを隠して、ダニエルに寄り添って目を閉じた。まわりの世界をしめだすと、彼の心臓の鼓動がよりはっきりと聞こえた。強くて生に満ちた音。まるでダニエルその人のように。

ジラは目を覚ますと、一瞬、自分がどこにいるのかわからず、心臓が口からとびだしそうに跳ねた。ベッドのそばのウィングチェアでくつろぐ華奢《きゃしゃ》な人物にはまるで見覚えがなく、部屋をつつみこむ夕闇のせいで陰のなかに黒くしずんでいる。ああ神さま、人影は大嫌い。もうやめて！　ジラは反射的にベッドの上でひざ立ちになり、両わきでこぶしをにぎりしめた。「いや、出てって！」

ほっそりとした影が驚きに凍りついた。ひじ掛けにのせてぶらぶらと揺すっていたズボンの脚がぴたりと止まった。「無理。フィリップが許さないから」腹を立てた乱暴な声だった。「こっちだって、いたくているんじゃないの」

「フィリップ？」冷静になろうと頭をふると、過去の亡霊はすぐに霧のなかへ消えていった。フィリップ・エル＝カバル。そしてダニエル。「あなたはだれなの？」

「パンドラ・メトヒェン」少年のような影が椅子の上で背を伸ばし、ブーツの脚を前に投げだして足首のところでクロスした。身体全体から、軽蔑《けいべつ》もあらわな反抗的な態度がにじみでている。「あなたの新しいメイドです」わざと引き伸ばすような嫌味な口調だった。「お嬢さま」

「新しいメイド？」ジラはわけがわからず聞き返した。「古いメイドもいなかったのに。あなたになにをしてもらえばいいの？」

少女は肩をすぼめた。「いろいろ試してみれば？　好きにして。背中をこすったり、髪をすいたり、いろいろ。これは罰だから」

「罰？」

「オイディプスを連れだした罰。フィリップはかんかんに怒ってる」

「ああ、たしかに怒ってたわね」ジラは言った。「バーを跳ぶのを見ていたの。みごとなジャンプだった」

「いつもほどじゃないけど。あたしも、フィリップとダニエルといっしょにフェンスにいるのを見たよ。ふたりのどっちと寝てるの？」

「なんですって？」

少女の影は妙にこわばっていた。「フィリップと寝ているのか聞きたかったの。そうなの?」

「ちがうわ。あなたが首を突っ込むことじゃないと思うけど。シーク・エル＝カバルとは今朝はじめてまともに会ったの」

少女の身体から緊張が消えていった。「やっぱりね」ほっとしたのが声に出ないように無理しているのがわかる。「あなたに喜んでもらいたいなら、フィリップはあたしをメイドにつけたりするはずないからね。だって、あたしがめちゃめちゃに引っかきまわすだろうって、わかってるから。フィリップを怒らせるかなにかしたの?」

「わたしにあまり好意を持っていないってとこね」まったく、なんていう子どもだろう。最初は腹を立てていたジラも、どんどんおもしろくなってきた。ジラに対して懸命に虚勢を張ってはいるが、いじらしい子どもっぽさが見え隠れしている。

「それはあなたが美人だからよ」パンドラは淡々と言った。「フィリップは美人と寝るけど、そういう人たちを嫌ってるの」すこし間をおいたあとに、いくらか挑戦的な口調で言った。「あたしはかわいくないけど、フィリップには好かれてる。はっきり言われたことはないけど、わかるの」

「わたしも同感よ」ジラは優しく言った。「ジャンプの寸前まで、あなたが怪我しないかすごく心配してたもの」

「ほんと？」その質問には明らかに熱がこもっていたが、パンドラはすぐにそっけなく肩をすくめてごまかした。「だって、あたしたち友達だから。フィリップは命の恩人なの」

「そうなの、知らなかった」ジラは目にかかった髪をはらって、ヘッドボードによりかかって身体を楽にした。もうすこし明るいといいのに。ジラをぐいぐいと惹きつけるこの自由奔《ほん》放《ぼう》な少女をもっとよく見たかった。

パンドラはうなずいた。「お父さんとここに来て最初の月だった。バザールの男たちに襲われそうになったの。あたしが屋台の籠《かご》にはいってた鳩を全部逃がしちゃったから」パンドラは身をふるわせた。「みんな、ナイフを持ってた。フィリップがあたしの命を救ってくれたの。そのあとで、お仕置きされたけど」首に手をやって、金の鎖を引っぱると、丸いメダルが夕暮れの部屋の薄明かりにきらりと光った。「それからこれをくれたの」

「プレゼント？　ずいぶん優しいのね」

「プレゼントじゃない」パンドラはむっとした口調で言い返した。「剣とバラよ。あたしはフィリップのものだっていう証し。本人がそう言ってた」

パンドラはフィリップに守られているとダニエルが言っていたのは、つまりこういうことだったのだ。「じゃあ、ずいぶんあなたのことを大事に思っているのね」

パンドラは堂々と顔をあげた。「そうよ。友達だって言ったでしょう。ときどきお仕置きをするけど、だからといって心から怒ってるわけじゃないの。あたしのことが嫌いだったら、最初からかまったりしないでしょう」

それにパンドラがやんちゃなことをするのも、ひとつには、彼女が知っている唯一のやりかたでシークの関心を引こうとしているせいだろう。どれだけ価値のある男かは知らないが、パンドラが彼を必要以上に崇《あが》めているのは明らかだった。「とにかく、あなたのヒーローからわたし自身が罰になると思われているのは、うれしいことじゃないわね」ジラは冷ややかに返した。「それに罰を受けているあなたにわずらわされるのも、うれしくないわ。わたしはメイドはいらないし、あなたもやりたくないんだから、もう、やめということでいいんじゃない?」

「あたしのことが怖いの?」考えこむような口調だった。「最初に目を覚ましたとき、やけにびくびくしてたけど」

「怖くないわ」ジラはあわててこたえた。「ときどき悪夢にうなされるの。たぶんそれまで夢を見ていて、目覚めたらあなたがすわっていて驚いただけ」

「怖がられてうれしかった」パンドラは子どもらしい正直さで言った。「最初から上の立場にいるのは悪くないと思ったの。これからしばらくいっしょにいなくちゃいけないから」

「でも、いっしょにいなくてもいいと思うの。すぐにシークに言って——」

「なにを言ってもむだだよ」パンドラは横柄《おうへい》にさえぎって右手をふった。「フィリップは一度決めたら、絶対に考えを変えないから」

パンドラが腕をふったと同時に、磨かれた白いモザイクタイルの床に、なにか黒っぽい液体が飛び散った。一瞬目を凝らして、ジラはその正体に気づいた。

「血が出てるんじゃない！」驚いて言った。「腕を怪我してるの？」

パンドラはウィングチェアの陰の奥のほうに身を引っこめた。「たいしたことじゃない。ちょっと引っかいただけ」

「包帯をしていないの？」

「そこまでひどくないもん。そのひまも、まだなかったし」

「そんなに血が出てるなら、きちんと手当てをしないと。なんなら、お父さんに電話するわよ」

「だめ！」パンドラは強く言った。「そんなことをしたら、ますます怒られる。ひどくないから大丈夫だって」

「お父さんに言いつけられたくなかったら、せめてわたしに手当てをさせて」ジラはベッドから出て、少女を立ちあがらせた。「さあ、わたしは応急処置ならすこしはできるんだから。牧場の家畜の手当てをよく手伝ってたの」

「牧場に住んでたの？」驚きに気をとられて、パンドラは素直にバスルームに連れていかれた。「牧場の人みたいに見えないのに。フィリップの側女《カディム》みたいにきれいだから」

「きれいだと、ほかの職業につけないってわけ？」ジラは言った。「言っとくけど、ぜんぜん障害にならないわよ。馬に乗って家畜の番もするし、焼印を押したり、柵をなおしたりもする。それにわたしだって、けっこう馬を乗りこなすの。あなたほど上手じゃないけど、地元のホースショーで何度か最高賞をもらったこともあるんだから」ジラはくすくすと笑った。

「まわりの人たちが注目するのは、わたしの馬場馬術《ドレサージュ》の技ばかりで、わたしのほうが馬よりもきれいな歯をしているとか、そういうことはぜんぜん見てくれてないみたいよ」

「あたしはドレサージュはあんまりだな」パンドラはぼんやりと言った。「障害ジャンプのほうが得意だけど、練習はしているの。どんな馬に乗ってやって――」バスルームの入口に来ると、パンドラは突然話をやめて、足をふんばった。「ねえ、腕なら平気だから。ここにははいりたくない」

「なに言ってるの。ものの一分で終わるから」ジラはドアノブに手を伸ばした。

パンドラはジラを押しのけてドアの前に立った。「じゃあ、あたしが先にはいる」

「どうして？」ジラは意味がわからずたずねた。

パンドラはしばらく黙ってもじもじとしていたが、やがて、ようやく小さな声でこたえた。

「浴槽に虎がいるの」

「なんですって！」

「虎っていっても、ちっちゃいの」パンドラはあわてて説明した。「まだほんの子ども。厩舎においてたんだけど、面倒を見る人がいなくなっちゃうのに、そのまま放っておくわけにはいかないでしょう。馬は猫が近づくと気が荒くなるから、絶対、すぐにだれかに見つかっちゃう」

「それで、ここのお風呂に入れたっていうの」ジラは呆気《あっけ》にとられて言った。「わたしに見つからないとでも思ったの？　念のために言うと、わたしだってふつうにバスルームを使うわ」

「だって、ほかに思いつかなかったから」パンドラは言った。「また密猟者に捕まるのはいやなの」

「どこの密猟者よ。ああ、なんだかトワイライト・ゾーンにはいりこんだような気分がしてきたわ」

「《トワイライト・ゾーン》を見てるの？　フィリップはシリーズ全部のビデオを持ってるの。あれはすごくおもしろくて――」

「パンドラ」ジラは音のひとつひとつをはっきりと発音して、パンドラをさえぎった。「わたしはフィリップが《トワイライト・ゾーン》が好きだという話には興味ないの。それで、どこの密猟者なの？」

「先週バザールに何人かいたの。フィリップが見つけたら絶対に放ってはおかないけど、ああいう連中は転々と場所を変えるから、見逃がしちゃうこともあるでしょう。大人の虎の毛皮を数頭分持っていて、あと、アンドロクレスを檻《おり》につないでた。たぶん、大きくなるのを待って殺すんでしょう。だからその夜、暗くなるのを待ってこっそり盗んできたの」

「虎を盗んだの？」ジラは気が遠くなりそうだった。「さぞかし楽しい出来事だったでしょうね」

「あたしは動物とは仲がいいの」パンドラはあっさりと言った。「動物はあたしのことは信頼するから」

「ひょっとして、その腕の傷はお友達のアンドロクレスにやられたの？　だとしたら、厚い友情で結ばれてるとは言いがたいわね」

「だって、怯えさせないようにしようと思ったって無理でしょう。コートに隠してこの屋敷にこっそり連れて帰らなきゃいけなかったんだから。それで当然だけど、ちょこっと引っかかれたってわけ」

「当然だけどね」ジラはあきれて首をふりながら、相手の言葉をくり返した。

「フィリップに言いつけるの？」パンドラが心配そうに言った。それからあごをあげた。「聞く耳を持つかはわからないけどね。あなたより、あたしのことが好きだから」

「言いつけるくらい簡単でしょう」ジラはそっけなく言った。「それに、まだどうするか決めてないわ。お友達のアンドロクレスをとりあえず見てみて、どの程度危険そうかたしかめたいわ」バスルームに立派に成長した虎がいたとしても驚きはしない。それに、なにもいないとしても。ひょっとしたら、まるごとが手のこんだジョークかもしれないのだ。ジラは、パンドラ・メトヒェンが相手だと、どんなことがあってもおかしくないような気になっていた。

けれど、ジョークではなかった。

床を掘ったピンクとアイボリーの浴槽のまんなかにバスタオルが敷いてあり、その上で子どもの虎が身体を丸めてぐっすりと眠りこんでいた。ジラが明かりをつけると、眠そうに片目をあけ、またごろりと横になった。

「ねえ、キュートでしょう？」パンドラが言った。「大きめの猫みたい」

「愛らしいわね」少なくとも、半ばおそれていたような大人の虎ではなかった。たしかにかわいいと言える。「でも、防衛本能はあまり発達していないみたいね。もう、眠りこけてるみたいじゃない」

「動物は敏感だから。あたしたちが害を与えないってわかってるの。ねえ、ここにおいといてもいい?」

「パンドラ、これはあなたが籠から逃がした鳩みたいにはいかないのよ。このチャーミングな小さな子猫ちゃんは、いつか成長して危険な動物になるの。そうしたらどうやって——」ジラは視線を子虎からパンドラに移した。「まあ、驚いた。すごく美人じゃないの! 自分でかわいくないって言ってなかった?」

「だって、かわいくないから」パンドラは乱暴に言った。「体つきは棒きれみたいだし、ひどい髪をしているし、それに」意気揚々と言った。「そばかすだってある」

たしかに、そばかすはある。見たことのないほどのクラシカルな美しさを備えた顔に小ぶりの完璧な鼻がのり、そのあたりの一面に金色が散っている。大きな漆黒の瞳は、おなじように漆黒のまつげに濃く縁取られている。本人の言う〝ひどい髪〟は切るというよりは刈ってあって、泡だて器でくしゃくしゃにしたようなボーイッシュなスタイルになっていた。それでも色と髪質はみごとだった。銀色に近い金髪で、部屋のすべての光を集めてつややかに輝いている。身体の曲線に欠けるのはたしかだが、バスタブにいる子虎のような、運動向きの引きしまった美しさがある。十五のいままでこれなのだから、二十に成長したらどんなことになるだろう。もっとも、本人はどういうわけだか自分の美しさを否定しようと妙に必死にだからこそパンドラも自分の美しさを否定するのだ。

「撤回するわ」ジラは真剣な顔で言った。「そばかすに気づかなかった」

「ここは暗いからね」パンドラはうなずいた。それから幼い虎を指さした。「ずっと飼えるわけじゃないのはわかってる。いつかは自然保護区に送らないといけないけど、たぶん、ちょっとのあいだくらいなら、平気だと思うの」切なさでいっぱいの、すがるような表情をうかべた。「あたし、ペットを飼ったことがないんだ。ここに来るまで、いつも引っ越してばかりだったから。だから、ちょっとのあいだだけなら……」

ジラは思わずほろっとなって、自分の良識が揺らぎかけているのを感じた。「まあ、一日、二日くらいならなんとかなるかしらね」ジラはしぶしぶ言った。「わたしはどっちみちバスタブは使わないと思うし。ふだんからシャワー派なの」はっと我に返って取り乱したように髪に指を入れた。「わたしったら、いま、なんて言った？　虎をルームメートに受け入れることを承知しちゃったってこと？」

「そういうことだと思う」パンドラがにっこりと笑うと、見る者をはっとさせるほど、表情が美しく輝いた。「もう取り消せないからね。大丈夫。迷惑をかけないように見張ってるし、掃除もみんな自分でやる。召し使いたちを部屋に入れないようにして、夜はブランケットを持ってきてここで寝るから。フィリップはとなりのゲストルームをあたしに用意してくれたんだけど、ここみたいなバスタブがないの。あったら、そっちにアンドロクレスを入れたんだけどね。とにかく、ぜんぜん迷惑にはならないはずだから」

「やってみないとわからないわ」ジラはわざとしかめ面をした。「さあ、腕を出して、おとなしい子猫ちゃんにどんなことをされたのか見せて」

パンドラは無言で右腕をさしだした。間に合わせにハンドタオルが上腕に結びつけられていた。それをはずしてみて、ジラは大きく息を吸った。少女の細い腕には深い爪痕が何本もついている。そのうちの三カ所からはいまも血が流れていた。ジラは首をふった。「ちょっと引っかかれたわねと」あてつけるようにつぶやきながら、鏡台の鏡張りの扉をスライドして薬の棚をながめた。「急いで傷を消毒しないといけなかったのに。医者の娘のくせに、応急処置のことをなにもわかってないのね」

「父とはあんまり仲良くないから。いっしょにいてなにかを教えてくれるなんて、ほとんどなかった」パンドラは肩をすくめた。「あたしのことがむかしから嫌いなの」

「好きか嫌いか、外からはわかりづらいこともあるわ」ジラは優しく声をかけながら、棚からガーゼの包帯と消毒液を取って鏡の扉を閉じた。「人の心を読むのは、必ずしも簡単じゃないからね」

「あたしにはわかるの」パンドラは乱暴に言った。目を落として、傷口を丹念に洗うジラの手もとを熱心に見つめた。「でもどっちだっていいの。べつに気にしてないから」

ジラは消毒液のキャップをあけた。「これはしみるわよ」

ひらいた傷口に消毒液をつけると、パンドラは荒く息を吸ったが、それ以外には痛がるそぶりは見せなかった。黒い目を細くしてジラをじっと見つめた。「あなたには好かれてる。そのこともわかるよ」

「そうね、好きよ」パンドラの細くしまった腕に包帯を巻きつけながら、ジラは目をあげた。「でもそれは要するに、わたしがいまは発作的に正気を失っているっていう証明ね。だって、あなたはトラブルの種にしかならないってわかってるのに」

「あたしもあなたが好き」パンドラはおずおずと言った。「最初は、すぐにきゃあきゃあ言うような女かと思った。でも虎の子も血も怖がらない。それにフィリップのことだって恐れない。怖がるのは悪い夢だけだもんね」

「探せばほかにもいろいろあると思うけど」ジラはガーゼの包帯をしっかりとテープでとめると、うしろにさがった。「もし傷口が膿《う》むようなら、お父さんのところにいって抗生物質をもらわないといけないわ」

「もし膿んだらね」パンドラはにごした。「でもちゃんと治ると思う。あたし、けっこう強いから」

弱い面もだいぶありそうだけど、とジラは思った。「毎日包帯を換えて、経過を見ることにしましょう」きっぱりと言って、鏡の扉をひらいて応急処置の道具を棚にもどした。「強さにかけては、わたしだって負けないからね」そう言ったとたんに、皮肉にも急に足もとがふらついて、ジラはとっさに鏡台のカウンターにつかまった。「ああ、いやだ！」パンドラの腕がすばやく伸びてきて、ジラの腰を支えた。「どうしたの？」パンドラは困ったように眉をひそめた。「大丈夫？」

「なんとかね」ジラは言って大きく息を吸った。「すこし長いこと立っていたせいよ。まだ安静が必要だってことを、ちょっとのあいだ完全に忘れてた」わざと渋い顔をした。「残念ながら、身体は正直みたい。じつは昨日の朝、サソリに刺されたの。なかなか力がもどらなくて」

「病気だなんて知らなかった」パンドラは悲しそうな顔をした。「じゃあ、あたしがベッドまで連れてってあげる」パンドラの手は細い少女にしては驚くほど力強くて、支えるというよりはかかえあげるようにしてジラを連れて部屋を横切った。「もっと早く教えてくれればよかったのに。大丈夫、あたしが面倒をみてあげるから。だからフィリップはあたしをメイドにつけたのかな？」

「最初に言っていた理由のほうが正しいんじゃないかしらね。わたしのことを本気で心配しているとは思えないから」

「そうかもね」パンドラはそっとジラをベッドに寝かして、身をのりだしてベッドサイドのランプをつけた。「ゆっくり寝てて。なにか食べものを持ってきてあげるから」

「その必要はないわ。ひと眠りしたころに食事を持ってきてくれるって、ダニエルが言ってたから。そろそろ来るでしょう」

「だったら、ダニエルを捜して、あたしがやるからいいって言ってくる。会うのは明日にすればいいでしょう。今夜はお客さんを迎えられるほど元気じゃないから」

「そう？」ジラはぽかんとして言った。

　パンドラは知った顔でうなずいた。「栄養をつけて早めに寝るの」難しい顔でつづけた。「あたしが髪をとかしてあげるし、クリームとかいろんなものをつけるのも手伝ってあげる。べとべとの顔で会うのはいやでしょう」

「わたしは化粧水をすこしつけるだけよ」ジラはぼんやりと言った。「それに彼には、もっとひどいところを見せてるから」

　パンドラはさぐるような目をした。「寝てる相手はダニエルなの？　心配しないで。あたしはじゃましたりはしない。元気になったら、あたしはどこにいるかわからないくらい、すっかり姿を消してあげるけど、病気のあいだはセックスとかそういうことで気をわずらわせちゃだめ」

「ありがとう」ジラはとりあえず言った。「でもダニエルとはただの友達だから。そんなふうに気をまわしてくれなくてもいいの。わたしにメイドをつけるようにフィリップに言ったのも、たぶんダニエルだしね」

「ふたりのどっちとも寝てないの?」パンドラは頭をふった。「変なの」

パンドラの経験からすると、見た目のいい女はひとりでは寝ないらしい。フィリップ・エル＝カバルのような男が庇護者なら、驚くに値しないけれど。「まあね」ジラは笑いを押し殺した。「そういうことで安らぎが得られるのは理解できる。そのうち試してみようと思ってたとこよ。ほんの経験上ね」

「あたしのことをおもしろがってるのね」パンドラは自信なさそうに眉を寄せて文句を言った。「そういうのって、あんまり好きじゃないな」そう言ってから、意地悪そうに笑った。

「でも、あたしがたくらんでたことほど、たちが悪くないかも」

「バスタブに虎を入れておくことよりも悪いこと?」ジラは身構えた。

パンドラは背をむけて、さっさとドアのほうへ歩きだした。「寝ている相手がフィリップだってわかったら、やろうと思ってたの」ふりむいて、安心させるように言った。「そうじゃなかったら、そんな考えはすっかり忘れるつもりだった」

「だから、どんな考えなの？」

ドアをあけて立ち止まったパンドラの瞳は、ちゃめっ気の下にかすかな凶暴さをのぞかせていた。「じっと我慢してふたりがはじめるのを待つの。つまり……」パンドラは言葉をにごすのかと思ったのに、すぐにひどくわかりやすい露骨な単語が出てきたので、ジラはあきれて目を丸くした。「それから、こっそりしのびこんで、ふたりの上にアンドロクレスをおいてやるの」パンドラは満足しきったように言った。「ムードをぶち壊すのには、それこそ最高でしょう」

「確実にそうなるわね」少女が出ていってドアが閉まるのを見ながら、ぼんやりと言った。この風変わりな対面のあいだじゅう、ジラはシークを熱烈なまでに慕《した》うパンドラに哀れを感じていた。けれどいま、フィリップ・エル＝カバルのほうにもすこし同情を寄せるべきかもしれないと思いはじめていた。

7

野生のケシの咲きみだれる野原が、広くどこまでもつづいているようだった。シルクのような真っ赤な花びらは、いまも玉のような朝露の重みで揺れ、そのあいだを、夜明けの風が恋人たちのささやきのように優しく吹き抜けてゆく。

「きれいだわ」ジラの声もまわりの静寂《せいじゃく》にあわせて小さくなった。遠くのタマリスクの木立のところからちょうど太陽が顔を出しはじめ、空が淡いピンクと金色に染まっていた。

「こんな神々《こうごう》しい色、見たことない」ジラは顔をあげてひんやりとした風を頬にあて、景色や感触やにおいを存分に五感であじわった。タマリスクとケシの香りがまざった肥沃な大地の香りを胸に吸いこんでみる。くらくらしてめまいがしそうだった。「どうしてもっと早く連れてきてくれなかったの？」

「牧場の外に出るのは気が進まなかった」ダニエルは言いながら鞍からおりて、乗っていた大きな赤毛の馬の頭に手綱をかけた。「きみの体力がどのくらい回復しているか、よくわからなかった。この草原までは、牧場の奥のタマリスクの茂みを越えればすぐだが、万が一きみがへばっても、おれはまだ助けてやれるほど馬を乗りこなせていないからな。このドビンとのあいだに信頼関係が築けたかも、あやしいものだ」

ジラは首をふった。「はじめて一週間にしては、ものすごく上手よ」灰色の牝馬《ひんば》からおりてダニエルの腕に支えられると、ジラは彼とふれるたびにおとずれる熱いしびれに無意識に身構えた。わたしたちは友達どうし。ダニエルの定めた行動原則を思いだすのは、ふだんはもっと簡単なのに。この朝日とケシの楽園にいると、それがいつもより大変だった。

ダニエルは首をふった。「おれが立派な騎手になれないことは、おたがいにわかってるだろう。この元気のいい馬をどうにかあやつっていられるのは、剛力の脚ではさみこんで、どっちがボスか教えてやっているからだ」

ジラは無理をして笑顔をつくった。「それより、あなたはパンドラのせいで必要以上に用心深くなってるんだと思うの。母性本能をくすぐられると、彼女は狼の母親のような世話焼きになれるみたい。この一週間、こっちの息がつまるくらいに甲斐甲斐しくしてくれてるわ」

「知ってるよ。おれのことさえ部屋に入れてくれないんだからな」ダニエルは渋い顔で言った。「フィリップは実際、衝撃を受けているよ。きみが催眠術を使ったんじゃないかと疑ってるくらいだ」

「優しさで接してるだけよ」ジラは静かにこたえた。「フィリップもいつか試してみるといいのに」

「パンドラが調子づくのを警戒してるのもあるんだろう。手に負えなくなるからな」ダニエルがしっかりとジラの目を見た。「おそらく、パンドラの勢いを止めるのも、フィリップなりの優しさだ。パンドラを傷つけたくはないだろうから」

いまの言葉には二重の意味がこめられているのだろうか？　ジラがあまりにわかりやすい表情をしていたために、ダニエルは釘をさしておくべきだと思ったのだろうか？　ジラは感情を隠すのは、あまり得意ではなかった。「でも、どっちみち傷つくことにはなるでしょうね」顔をそらした。「それでも、少なくとも思い出は残る。悪い記憶を消し去る、いい思い出がね」肩ごしに笑いかけた。「わたしもいまは美しい思い出をつくりたいわ。ねえ、この野生のケシの原っぱを駆けまわったことはある？」

ダニエルは首をふった。揺らめく光がダニエルの髪にからみついて、つややかに燃え立って見えた。着ている青いシャンブレーのシャツは、広い肩幅のところがはちきれそうで、引きしまった胴まわりにぴったりとそっている。穿きふるしたジーンズの裾は、スエードのブーツのなかにたくしこんであった。この姿も胸に思い出として刻んでおきたい——朝日を髪にあびるダニエル。「あるとは言えないだろうな」

「わたしもよ。じゃあ来て。試してみるの！」ジラは背をむけて草原を駆けだした。冷たい風が頬を刺し、ひとつにとけあった色と香りがきらきらとした美しさを放ってうしろに流れていく。あとからはダニエルの足音が追ってきて、荒い呼吸の音が耳にとどいた。ジラも肺が痛かったが、止まりたくなかった。このままずっと走りつづけていたかった。

「ジラ、もういいだろう」

声にあらわれた険しさに気づいて、ペースがわずかに落ちた。

「止まらないなら、力ずくで阻止するぞ」

ジラは走るのをやめてダニエルのほうをふり返った。「なにがいけないの？」

ダニエルは二歩で追いついてきた。両手でがっしりとジラの肩をつかんだ。「なにがいけないって、頭のいかれた女みたいじゃないか。病みあがりだろう、忘れたのか？　それなのにオリンピックの百メートル走の練習みたいなことをして」わずかにジラを揺すった。「草原の先をたしかめにいく気かと思ったよ」

「だったらどうしてもっとすぐに止めなかったの？　すこし気分が舞いあがっていたかもしれないけど、聞き分けができないほどじゃないのに」

「追いつけなかったからだろうが」唇が悔しそうにゆがんだ。「おれの身体はスピードより持久戦向きだ」

ジラは顔を前にもどして、ほがらかに笑った。「ダニエル、あなたってほんとに変わってる。どんなにプライドが傷つくことでも、正直に真実を言うのね」ダニエルの顔に奇妙な表情がうかんだのを見て、ジラの顔から笑いが消えた。「今度はどうしたの?」

「笑うのをはじめて聞いた」ダニエルは飾らずに言った。「いいね」

走っていたときよりも息があがった。「じゃあ、もっと笑うようにするわ。自分がそんなにむっつりしていたとは気づかなかった」ジラはケシの花のあいだにひざをついた。「たしかにあなたの言ったとおりだったみたい。ちょっと足がふらふらする」

ダニエルがとなりにひざをついてしゃがんだ。「こっちもだ」ダニエルの細い目がじっとジラにそそがれた。「きみがむっつりしていたことはないよ。いつも笑顔で穏やかだった」腕を伸ばしてジラの頬にそっと一本指でふれた。「それにきれいだった。いつだってきれいだよ、大事な友よ」

思い出がもうひとつ。大事な友よ。その言葉は、このときはふたたび恋人への呼びかけのように聞こえた。

「パンドラはそれを褒め言葉とは思わないでしょうね」ジラは上ずった声でこたえた。「きれいな女の人の果たす役割はただひとつだと思ってるんだから」まつげで目を隠して、そばに生えているケシを一本、手折った。なんで、こんなことを言ってしまったのだろう。映像がありありと脳裏にうかんだ。部屋の大きなベッドのひんやりとした絹のシーツの上で、ジラにおおいかぶさるダニエルのたくましい裸体。彼のそういうところは、実際には一度も見たことがない。あの晩は暗闇と情熱があるだけだった。それでもあのときは、それ以上なにもいらなかった。ジラはあわてて頭をからにした。あまり多くを求めちゃいけない。この数日間も十分にすばらしかったじゃない。ダニエルはかわいい妹に接する兄のように、思いやり深くて優しかった。とても繊細な妹に接するよう――ジラは歯がゆく思った。ダニエルはどんなプラトニックなふれあいですら恐れているようにも見える。もう、体調はほぼ完璧に回復したのに、それがわからないのだろうか？　もう女として求められていないのかもしれない。でも、もしそうだとしても、親しい友達どうしならときどき気軽に抱きあってもおかしくないのに。

ふたりの距離はいろんな面でとても近くなった。たくさん話をし、ゲームで遊び、食事をともにした。いまでは、人生のなかで一番よく知っている相手がダニエルだとさえ思える。彼はすでにジラの人生の一部なのだ。ダニエルが体調がもどったと判断してジラをザランダンに送ったあと、すぐに彼自身の人生に帰っていってしまったら、ジラはどうやって耐えていけばいいのだろう。ときどきは訪ねてきてくれるだろうか？　それはまちがいないはずだ。

ダニエルはジラのことをいい友達だと思っている。ダニエルは友達にはとても義理堅い人間だった。

「笑顔がなくなったね。なにを考えているんだ？」

「ザランダン」ひざにのせたケシの花のしなやかな花びらを、一本指でなぞった。「ゆうべ、母に電話をしたの。デイヴィッドとビリーもニューヨークからもどってきたって。だれからもハイジャックのことを聞いてないって、ものすごく怒ってるらしいわ。わたしがいつごろ家に帰ってくるのか、知りたがってるみたい」

「だったら適当に気をもませておけ」ダニエルが乱暴に言った。「まだ旅ができるほど回復していない。昨日、ドクター・メトヒエンに言われただろう」

「ええ、そう言われた」その判断を聞いたときには、純粋な喜びが胸にひろがった。「でも許可が出るのも時間の問題だと思うの。自分では、もうすっかりよくなった感じがするから。デイヴィッドも医者の許しが出ないことに驚いてるわ。電話して、直接話をするつもりでいるみたいよ」

「きみの大切なデイヴィッドの干渉がなくても、これまで問題なくやってきただろう。よけいな口出しはするなと伝えてやれ」ジラの顔にうかんだショックを見て、ダニエルは唇をゆがめた。「まさかそんなことが言えるわけはないよな。きみはあいつには大きな恩があるから。一番の友達だからな」

ジラは頭をふった。「彼はいい友達」そっと訂正した。「一番の友達じゃないわ。いまは、もうちがうの。一番の友達はダニエルよ」

ダニエルは黙りこんだ。なにかの表情が顔にひろがったが、すぐにおおい隠された。「ブラッドフォードはそれで我慢できるのかい。長年、きみはあいつの特別な存在だった」

「デイヴィッドは人に親切にすることを競争のようには思っていないから。あの人はとっても立派な人間よ、ダニエル。ときどき、高い山にある湖を連想することがあるの。澄んでいて、深くて、どこまでも透明で。あなたにも知り合いになってほしいわ」

「おれがおなじ気持ちだとはかぎらないぜ」ぶっきらぼうに言った。「おれはブラッドフォードとはちがって、非常に競争心の強い男だ。それにそんな人間の鑑《かがみ》のようなやつを前にしたら、おれ自身がつらい。山の湖に喩えられるような男じゃないからな」

「気にすることないじゃない」ジラは優しく微笑んだ。「あなたにだって、人の鑑になれるようなところがあるもの。山の澄んだ湖じゃないのはたしかね。それよりは海という感じ。荒々しくて、力強くて、その一方で命をはぐくみ、命を与えることさえできるの。たぶん、デイヴィッドともとても気が合うはずよ」

ダニエルは驚いた表情をしていた。「努力するよ」とぶっきらぼうに言った。「きみにとって大事な人間だということは理解しているつもりだからね。こいつはおれの悪い癖だ。むかしから嫉妬深い人間だった」表情がゆがんだ。「子どものころ、ほしいものは奪い取ってでも手に入れて、人に取られないように死守しなければいけなかったせいだろう。いまだにおなじなのかもしれない」

「わたしが望んで差しだそうと思っているんだから、奪い取る必要はないわ」ジラは言った。手を伸ばしてダニエルの腕にふれる。ダニエルの身がこわばり、筋肉が硬くなるのが指先から伝わってきた。無意識の身体の拒絶反応にジラは傷ついたが、それが声に出ないように意識した。「わたしは中途半端なのは好きじゃないの、ダニエル。だれかのことが大事だと思ったら、その人が望んだり必要としたりするものを、とことん捧げるのよ」

ダニエルの乱暴な笑いから、胸の痛みのようなものが感じられた「そうだな。ブラッドフォードに求められたら、その場で身体を差しだすと言ってたな。そんなことは、たいしたことじゃない、と。思うに、おれもおなじ寛大な待遇の下にいて、おなじようにそれを享受できるというわけか」

ジラは目を見ひらいて凍りついた。「あなたがそれを望むなら」どうにか言葉を口にした。「おれはそんなことは望んでいない」ダニエルは無意識に手をにぎりしめていた。顔のなかの青い目が強く光っていた。「それに、たいしたことじゃないはずがあるか。きみの身体は心や頭とおなじくらい大事なものだ。寄ってきた人に、だれかれかまわず投げだしていいものじゃない」

ジラは殴られたような衝撃を受けた。「それはちがうわ」声がわなわなとふるえた。「わたしはそんな人間じゃない。だれにでもそうするわけじゃないわ」

「くそ、それくらいわかってる」ダニエルは言葉をしぼりだした。腕を伸ばしてジラの肩をつつんだ。手がふるえていた。「そういうようなことを聞くと、おれは腹が立ってしょうがないんだ。きみはとても美しい。内面も外見もすべて美しい。自分で知ってたか？　世界はあまりにも暗くて醜いのに、きみは暗闇に点《とも》るろうそくのように輝いている。おれのような人間は、そこに希望の小さな光があるのを見たいんだよ。だから、胸を張って堂々と輝いてくれ、ジラ」

ジラは口を半びらきにしてダニエルのことを見つめていた。まるでノーベル平和賞を授与されたような気分だった。唇を閉じて、光り輝くあたたかな笑顔でダニエルを照らした。

「ろうそくに湖に海に。今朝はふたりとも比喩ばっかり」うしろをむいて、風にそよぐケシの草原に目をやった。「きっとこの景色のせいよ。ケシはこの世でもっともきれいな花のひとつなんでしょうね」思いにふけったように首をふった。「これまではずっと嫌ってたんだけど」

「ジラ……」

「変でしょう？　でもケシの実は麻薬になるから」

「そうだな」肩においたダニエルの手に力がはいった。彼は警戒したような用心深い表情をうかべていた。

「ヘロイン。こんなきれいなものから、あんな最低のものができるなんて考えたくもないわ。そのことを受け入れられるようになるまで、ずいぶんと時間がかかった。でも、だんだん客観的に考えられるようになってきたの」ジラは手ににぎったケシの花に目を落とした。「ものごとには、必ずもうひとつの側面がある。麻薬は悪にもなるけど、苦痛を止めることもできる。一本のケシの花は恐ろしいことを招くけど、この美しさで人の心を明るくすることもできる。だからできるだけ美しさだけをあじわって、悪いほうの側面は知っていても我慢するの」ジラは落ち着きなく唇を舐めてダニエルの目を見あげた。「まわりくどいことを言っているでしょうけど、いま、わたしは大事なことを打ちあけようとしているの。もっと早く告白するべきだったのかもしれないけど、いまだに話をするだけでも苦しくて」

「だったら、話さなければいい」ダニエルは乱暴に言った。「おれが知る必要はない。それできみが苦しむことになるなら、こっちに聞く権利はないさ」

「でもデイヴィッドも知っていることよ」ジラは困惑した顔で言った。「デイヴィッドとわたしが知っていることをあなたに隠していると感じてほしくないの」

「そこまでの競争心はないよ。おれのライバル心に気を使って、胸にしまってきたことを打ちあける必要はない」

ほっとした気持ちが身体を駆けめぐり、頭がのぼせたようになった。「わかった。じゃあ、いまは言わない。でも近いうちに話すから」

ダニエルが腕を伸ばして手の甲でジラの唇にふれ、あごの輪郭を優しくなでた。「心の準備ができたら、いつでも聞いてやるよ」手がどけられて、ダニエルはいきなり立ちあがった。「だが、元気でいてもらうために、まずは馬のところまで連れ帰って、朝食を食べるまでを見とどけたほうがよさそうだ」ダニエルの手が上から伸びてジラを引き起こした。「まだいちおう病人なんだ」

ジラは首をふった。ダニエルはまたしても兄のような態度をとっている。それでも思ったほどがっかりはしなかった。この朝は美しさと啓示に満ちていて、おかげで希望の小さな種がこぼれて根をつけた。ダニエルがジラのことを大事に思っているのはまちがいない。ひょっとしたら、ダニエル本人が気づいているよりも、もっと。その種を大切に育てたら、いま手にしているケシの花とおなじような美しい花を咲かせるかもしれない。

ジラはダニエルの青いシャツのボタンホールに緑の茎をさした。「そうね、もう帰りましょう」明るく返した。「そうじゃないと、パンドラがまたこっそりオイディプスを連れだして、わたしたちを捜しにきちゃうわ」

ジラが部屋にもどると、パンドラは意外なほどのんきにしていた。ベッドの横に敷いた東洋の絨毯にあぐらをかいてアンドロクレスの腹をなでていたパンドラは、目をあげると、にっこりと笑った。「ねえ、見て。もうちょっとしたら、喉をゴロゴロ鳴らしそう」

「ほんとね」ジラはとなりにひざをついて、おそるおそる虎の頭をさわった。「この一週間で大きくなったみたいに見えるんだけど」

パンドラはうなずいた。「あたしも気づいてた」悲しそうにつづけた。「もうすこししたら手放さないとね」それからまた明るい顔になった。「でも、まだ大丈夫」アンドロクレスを抱きあげて、赤ん坊にげっぷをさせるように肩にかついで首の毛皮をのんびりとなでた。

「朝ごはんは食べた?」

「乗馬からもどってきて、ダニエルと朝食の間でとったわ」ジラは怪訝そうに片眉をあげた。「急にわたしに無関心になったみたいね。めんどりみたいに口うるさく世話を焼いてくれてたのは、どうしちゃったの?」

「もう元気になったから」パンドラは肩をすくめた。「世話する必要がないもん。昨日、うちの父が診察をしたとき、かたちだけ診てるんだってわかった。もう、具合が悪いと考えてはいないよ」

「だったらどうして、ここを出ていいって許可してくれないの?」ジラは腑に落ちなかった。

「あなたの勘ちがいじゃない?」

「勘ちがいなんかじゃない」パンドラの唇にほろ苦い笑みがうかんだ。「何年もいっしょにいたから、お父さんの考えなら簡単に読めるよ。どうして許可しないかは知らないけど、とにかく、完全に治ってないからじゃない。たぶんフィリップがそう命令したんじゃないの。父はフィリップが用意してくれてるこのセディカーンの暮らしが気に入ってるから。だからフィリップの言いなりなの」

「お友達のシークが、そこまでしてわたしを引きとめたがっているとは、とても思えないわ」ジラは冷ややかに言った。「このごろは、すれちがうときにも礼儀正しくしてくれるようになったけどね。でも、わたしはシークのお気に入りのひとりのはずはない」

「でもダニエル・シーファートがそうでしょう」パンドラは穏やかに言った。「そのダニエルが引きとめたがってるんじゃないの」

ジラは身体に衝撃が走るのを感じた。「ダニエルは友達よ」かすれる声で応じた。

「でもいっしょにベッドにはいりたがってる」パンドラはあっさりと言った。「ダニエルはいっつもジラのことを目で追ってるよ。手をどけるのもやっとっていう感じ」パンドラが目を伏せると長いまつげで瞳が隠れた。「寝たいと思っている相手の女を男がどんな目つきで見るか、あたし、知ってる。いやというほど見てきてるから」

フィリップと多くの側女《カディム》のことだろうか？　ジラはこのパンドラというまだ半分子どもの娘に、胸の痛むような同情をおぼえた。

「ダニエルにはあてはまらないわ」ジラはやんわりと言った。「彼はそういうかたちでわたしを求めてるんじゃないから」

パンドラは肩をすくめた。「そのうちにわかるよ。でも、どうしてそんなに身構えるのかな。自分だってダニエルがほしいくせに」パンドラがいきなり目をあげた。こぼれそうな漆黒の瞳はダイヤモンドのように鋭かった。「そうなんでしょう？」

ジラはしばらくこたえられなかった。「そうね、わたしもダニエルがほしい」ようやくつぶやくように返事をした。「でも、彼を愛してもいるわ。そのふたつはわたしにとってセットなのよ、パンドラ」なぜそんな言葉が出たのかわからなかった。口に出してみると、肩から重荷が取り去られたように、気分が軽くなった。

「あたしの場合もそう」子虎のやわらかな毛皮に頬をすりつけながらささやいた。パンドラは目を閉じた。「笑っちゃうよね？　フィリップはそんなことで悩むことはないんだから。

あたしの母もそうだった」

「お母さん？」ジラはなんとなくパンドラの母は死んだものだと思っていた。一度も話題にのぼったことがなかった。

「母はいま六番目の夫といっしょにいるの。あの人も美人のひとりだよ」パンドラは目をあけた。「女優をしてるの。演技派じゃないけど。べつにうまい女優でいなくても平気なんでしょ」

「ご両親は離婚したの？」

「あたしが三歳のときにね。父は母を憎んでる」パンドラはさめた口調で言った。「あたしはべつに嫌ってないよ。意地悪とか冷たいとか、そういう人じゃないから。自分勝手で楽しいことが好きっていうだけ。四年前にどうしてもハリウッドに来いって言うからいってみたけど、すごく親切にしてくれた」

実の娘に親切にする？　あからさまな罵倒を聞くよりもその言いかたのほうが、どういうわけか胸をえぐった。「親切にしたくなるような子だったからでしょう」

パンドラは頭をふり、とたんに顔にうかんでいた悲しげな表情が消えた。不敵な顔でにんまりと笑った。「それはないね。あのときもあたしはやりたい放題だったから。帰るときには、ほっとしてたもん。ねえ、神話によると火の神《ウルカヌス》はパンドラを土からつくったって知ってる?」

「知らなかった」

「ともかくそうなの。でもフィリップは、あたしには泥の足がついているはずはないって言うの。あたしには蹄《ひづめ》がついてるって」瞳が楽しそうに光っていた。「だから、聞いたの。その蹄っていうのは馬の蹄なのか、それとも悪魔が持っているような割れた蹄なのかって。でも、こたえてくれなかった。どっちもあたしにぴったりあてはまるって言ってね」

「フィリップが言いそうなことね」ジラは立ちあがった。「そろそろいかないと。ダニエルと十一時にプールで待ち合わせて、いっしょに泳ぐことになっているの。ひまつぶしの本は足りてる? よければ図書室にいって、いくつか見つくろってきてあげるけど」

「足りてる」べつのことを考えている顔になっていた。「アンドロクレスをお風呂に入れてやろうかな。虎は泳げる動物なんでしょ? 生まれつき泳げるのか、それとも教わって身につけるのか、どっちなんだろう」

「まさか、泳ぎを教えようっていうんじゃないでしょうね」

「野生保護区にいくんだから、生きるためになんでも身につけておかないと」パンドラは力説した。「すぐにおぼえるよ。アンドロクレスはとても賢いから」

「その前に、バスルームを使っていいでしょう。水着に着替えて髪を編みあげたいの」ジラは丁重に言った。「もし、あまりおじゃまじゃないようならね」

「あたし、図々しかった？」パンドラはすこし不安げに聞いた。「あたしたちがここにいても、そこまで迷惑じゃないんでしょう？」

ジラはパンドラのつややかな髪のてっぺんを愛情をこめてなでた。「いまの状況をなかなか気に入ってるわ」バスルームのほうへ向きを変えながら言った。「あなたといると楽しいし」ため息をついた。「それに、そのお荷物の子虎にも、だんだん愛着がわいてきちゃったみたいよ」

バスルームの入口まで来たとき、パンドラがうしろから話しかけてきた。「ダニエルは絶対にジラを求めてるよ。いまはまだ愛していないかもしれないけど、愛はきっとあとからついてくるって」じれったそうな声で言った。「少なくとも、チャンスはあるから」

「あなたの見立てが正しいとすればね」ジラは声が乱れないように意識した。「でも、たぶんまちがっているわ、パンドラ。そのことに関しては」ジラの背後で扉が静かに閉まった。

ダニエルは受話器をおくと机からふりむき、フィリップの差しだすグラスを受け取った。

「三人は片づいた。残すはひとりだ」

「ドナヒューからか？」

ダニエルはうなずいた。「今日の午後、テロリストのうちの三人を、国境を越えてサイドアババにもどろうとしたところで捕獲した」ブランデーを舐めた。「ハサンはいっしょではなかった。仲間うちで意見が割れて、行動をべつにしたらしい」ダニエルは残忍な笑みをうかべた。「三人は命をむだにしない道を選んだ」

「ハサンは、いまもあきらめていないというのか？」

「おそらくね」ダニエルは言った。「調べによると、あいつは兄に劣らず狂信的な男らしい。そう簡単に引きさがるとは思えない。明日からはジラの部屋の入口に護衛をつけたいと思っている」ダニエルは渋い顔をした。「もっともパンドラがジラの部屋にいるときには、必要はないかもしれんな。あいつが来てから、このおれですら神聖な門を一度もくぐらせてもらってない」

「それはほんとうか？」グラスを口に運ぶフィリップの手が途中で止まった。「そいつは興味深い。パンドラが意外なまでの献身をみせているのは知っていたが、お目付け役まで買って出るとはな。おまえのほうも、どうしてもっと強く抗議しない。さては、あのレディとは寝ていないということか？」

ダニエルは黙ったままだった。

「それはまたさらに興味深いな」フィリップは言った。「チャンスをむだにするとは、おまえらしくない。その若さで、なぜそんな人間ばなれした禁欲を身につけたのか、問いただしてもむだだろうね」

「ああ、こたえるつもりはない」ダニエルは静かに言った。「話したところで、理解もされないだろう」

フィリップはグラスの中身を飲みほした。「そのとおりかもしれない」デスクにグラスをおいた。「だが、貞淑《ていしゆく》な姫君の世話につけたドラゴンのことなら、わたしも理解しているつもりだ。あいつは、だれのこともそこまで必死になって守るようなタイプではないはずだ」

「あんた以外はね」ダニエルが穏やかに口を挟んだ。

フィリップはふざけて小首をかしげて応じた。「そう、わたし以外はね」背をむけて出ていこうとした。「護衛の件は好きにすればいいが、わたしはとりあえず、パンドラがなぜやけに聞き分けよくふるまっているのか理由をさぐってくるつもりだ」戸口のところで足を止めた。「いっしょに来る気はあるかな?」

ダニエルは首をふった。「クランシーはいま、囚人たちの尋問をしている。ハサンの潜伏場所について情報を引きだせたら、またこっちに電話をよこすことになっているんだ。連絡を受けしだい詳細を伝えにいく、とジラに伝言しておいてもらえるとありがたい。食事もおれを待つ必要はないと言っておいてくれ」

「あいつは口を割らせるのはお手のものだろうな」フィリップはもったいぶった口調で言った。「クランシー・ドナヒューはじつに徹底した男だ」

「徹底的にやったほうがいい」ダニエルは机の前の大きすぎる椅子に腰をおろして、うんざりした声で言った。「早いところけりをつけて、おしまいにしたい」

「いらついているな。禁欲生活を送ると、男はそうなりやすいそうだ」フィリップは薄笑いをうかべた。「わたし個人としては、十四のときからそうした愚行を実践するほど愚かではなかったから、実際のところは知らないがね」

「フィリップ」ダニエルは椅子の高い背もたれに頭をつけて、なんとかして肩の筋肉から力を抜いた。「地獄に落ちやがれ」

フィリップは声をたてて笑った。「地獄の業火《ごうか》にさらされよと命じられたのは、この十日間で二度目だよ。わたしは魅力的で人に好かれていると思ってきたが、ひょっとしてちがったかな」フィリップは手をあげた。「こたえなくていい。幻想とともに生きたほうがはるかに居心地がいいはずだ」

ダニエルはひじ掛けを強くつかみ、やがてフィリップが退出して扉がしまった。ダニエルは意識して身体の力を抜いた。フィリップに対してあんな邪険な態度をとるべきじゃなかった。傲慢な仮面の下に無邪気なユーモアを隠しているような人物でなければ、怒らせてしまったところだ。それにジラがここにいることを快く思っていなかったとしても、存分に真の友達甲斐を発揮してくれている。シーク・エル＝カバル自身の客人ひとりひとりに対するのとおなじように、権力に守られた安全な場所を提供するだけでなく、居心地よくもてなしてくれているではないか。

ふいにフィリップが最後に言ったことを思いだして、笑いがこみあげた。フィリップを最初に灼熱《しゃくねつ》の地底に送りこんだのは、おそらくジラだろう。彼女なら言いかねない。美しく穏やかな外見の下に、滔々《とうとう》と流れる地下水脈のように、強さと気丈さを宿している。男をそそる外見に気を取られることなく、そうした魅力的な内面だけに目をむけていられたら、どんなにいいか。フィリップにおとらずダニエルも禁欲には不慣れで、この十日のうちに意志の力も限界に達しようとしていた。なにげなくジラにふれるたびに、だれかに腹を蹴られたような衝撃が走る。このごろはずっと、日に数時間ほどしか眠れていない。多少なりとも自制できているのが不思議なほど、神経は荒れ、気が立っていた。

それでも、ジラの今朝の胸を打つ告白からすると、これまでのところは親身な身内のような顔をなんとか保っていられているようだった。一番の友達と言ってくれたのだ。この関係を守り抜かなければ。せっかく、こうして彼女の信頼を勝ち得たのだ。ふつふつとした欲望をうちに燃やしているがために、すべてをぶち壊しにすることだけは避けたい。ジラの身にしみついているらしい相手をいたわる寛大な精神からではなく、彼女自身の望みとして自らを捧げる気になるまでには、何カ月、いや何年もかかるかもしれない。だが、おれは待てる。少なくともそうしたいと望んでいる。しかし、昼間に大胆なカットの水着であらわれたジラを見たときには自信が揺らいだ。激しく欲情し、ジラを怯えさせたくなくて最初から最後までプールからあがれなかった。

ブランデーを飲みほして、身をのりだしてグラスを机においた。もちろん、自分は我慢して待てるはずだ。ともかくプールと浴槽さえ避けるようにすればいいのだ。それに彼女が乗馬をしている姿や、部屋を横切るようすを見ないようにすればいい。いたって簡単なことじゃないか。

背もたれにゆったりとよりかかり、両脚を前に投げだした。クランシーの電話を待つという口実があってよかった。今夜はプラトニックな友人を演じられる気分ではなかった。この先どれだけ長い攻防になるかはわからないが、とにかくジラともう一度対面する前に、自制心を取り戻し、防備の壁をつくりなおす必要がある。ヨガをはじめて、へそかどこかに意識を集中させるのがいいのかもしれない。そうすれば、身体のべつの部位から気をそらすことができる。

8

ジラはドアをひらいて、驚きに目を丸くした。

「はいってもいいかな？」フィリップ・エル＝カバルが丁重に聞いてきた。「ごらんのとおり、わたしのマナーは格段に向上した。ノックさえしたからね。これは褒美に値すると思うのだが」

「ええ、もちろんです」ジラは白いサテンのローブの帯をしめなおして、うしろにさがった。「ここへいらっしゃるとは思っていませんでした」

「ダニエルの情報によると、ここの警備はえらく厳重らしいから、そもそもだれかが訪ねてくるとは思っていなかっただろう」フィリップのターコイズの瞳がジラの顔を見すえた。「ところで、あの小さな雌虎はどうした？」

「雌虎？」ジラは弱々しく聞き返した。ああ、なんてことだろう、ばれていたのだ！　パンドラが隠しおおせると思ったなんて、どうかしていた。

シークは顔をしかめた。「パンドラのことだ」せっかちに言った。「子育て中の母虎のようにきみを守っていると聞いてきたのだが。どこにいる」

「ああ、パンドラ」ほっとして力が抜けた。「彼女ならバスルームにいます。ちょっとした洗いものをしているの。いって呼んできます」

「洗いものをしている？」フィリップは疑うように唇をまげた。「あのパンドラが？ずいぶんと飼い慣らされたものだな。魔法でも使ってあいつを従順な侍女に変えたのか？もしそうなら、わたしはまことに不満だと言わざるを得ない。ここへ送った目的はべつのところにあるのだ」

「知っています」ジラは静かにこたえた。「がっかりさせて申し訳ありませんが、わたしたちはとても仲良くやっているんです。魅力あふれる女の子で、とても気に入りました」

「だとしたら、そろそろ引きあげさせるべきだな」フィリップは入口のドアを閉めて内側によりかかった。身につけた濃い色のズボンとシャツが、引きしまったたくましい体つきを際立たせている。鼻につく人物だが、たしかにくらくらするほど魅力的だった。「ここによこしたのはあいつに罰を与えるためだった。その役を果たさなかったのは、明らかなようだ」

「いったいあなたはなにを考えているんだか」ジラはかっとして言った。「罰を与えるなら地下牢にでも入れればいいでしょう」

「たしかにそれもありだな。地下牢ならこの屋敷にもひとつある。ご提案に感謝するよ」フィリップはのらりくらりと言った。「今後は考えてみよう」

「ほんとにあなたってひどい人ですね。ご自分でわかってました？　時代錯誤もはなはだしいわ」

フィリップは笑った。「だがわたしはそれが許される地位にいる。結局のところ、意味を持つのはそのことだよ。それに気づいていないのかな？」顔から笑みが消えた。「それから、わたしが与えようとしている至極まっとうな懲罰《ちょうばつ》からパンドラを守ろうとでしゃばるのは、やめてもらいたい。パンドラはわたしのものだ。聞けばあいつは自分でもそう言うだろう」

「それは、太陽があなたとともに昇って沈むと、誤って信じているからです。パンドラはこの数年間、あなたの絶対的な影響力のもとで暮らしてきました。ここから外の世界に出ていって、男がみんな自分勝手な野蛮人なわけじゃないと知ったとき、パンドラはどんなことを感じるかしら」

なにかの表情がフィリップの顔をよぎった。憤り？　胸の痛み？　ほんの一瞬のことでよくわからなかった。「パンドラがどんな反応をするかは、予測はつかない。あいつはふつうの女のような考えかたや行動をほとんどしないのだ」一瞬の間があった。「いまのところはね。パンドラはまだ女の前の段階だ」よりかかるのをやめて、まっすぐに立った。「さて、わたしの傲慢さへの攻撃がこれで終わりなら、きみが哀れな犠牲者だと思っている友人を呼びにいこう」フィリップは部屋の奥へ歩きだした。

ジラは思わず駆けていってバスルームの扉の前に立ちはだかった。「いいえ、わたしが呼んできます。ここで待っていてください」

フィリップは足を止めて、ジラのうろたえた表情をじっと読み取った。「いや、自分でいこう」のんびりと言って、ジラの両肩をつかんでわきにどかせた。「従順に生まれ変わってメイドの仕事をしているパンドラのようすを、俄然、ひと目見たくなった」ドアノブをひねった。「興味津々だ」

「でも、やっぱり――」ジラはあわてて言いかけて、やめた。

もう手遅れだった。フィリップはすでに扉をあけていて、その驚きの表情からして時すでに遅しだと悟った。

ジラは位置を変えて、フィリップの肩の先をのぞきこみ、つい声をあげそうになった。リボン！　パンドラはどこからあんなピンクのリボンを持ってきたのだろう？

ともかく、どこからか見つけてきたのだ。深いバスタブのまんなかにいるパンドラは、いつものジーンズとリブ編みのコットンセーターという姿ですわっている。オートクチュールのように飾られて、ピンク色をした大きなサテンのリボンを縞《しま》模様の尻尾につけているのは、アンドロクレスのほうだった。パンドラはもうひとつ、首のまわりにリボンを結びつけながらなにげなく目をあげた。とたんに彫像のようにかたまった。

「雌虎！　なるほど、虎だ！　だからさっき意味を取りちがえて聞き返したのだな」フィリップは声をあげた。

パンドラはすぐに自分を取りもどした。「でもこれは雄なの。名前はアンドロクレス。こんにちは、フィリップ」

「虎か」フィリップはあきれてくり返した。「この一週間、ずっとこの浴槽に入れていたのか？」

パンドラは反抗的に顔をあげた。「悪いのはそっちよ。あたしをここに来させたのはフィリップの考えだもん。だって、そのまま見捨てるわけにはいかないでしょう」

「相手は虎だ。見捨てるもなにもないだろう」

パンドラは立ちあがって大事そうにアンドロクレスを腕にかかえた。「まだほんの赤ちゃんじゃない。あたしが教えるまで、泳ぐこともできなかったんだから」

「泳ぎを教えたのか？」フィリップは思考力を取りもどそうと首をふった。

パンドラは顔をしかめた。「ほんとだってば、フィリップ。ちゃんと聞いてよ。あたし、はっきりとそう言ったつもりだけど」

「ああ、たしかにそうだ」フィリップの口もとがわなわなと揺れている。「なぜだろうか、今夜は自分がのろまな人間になった気がするよ。わたしにとっては、虎は浴槽のなかよりジャングルにいると考えたほうが、しっくりといくんだがね。適応力に欠けていて申し訳ない」突然、フィリップは頭をのけぞらせ、大声で笑いだした。だいぶたって、ようやく忍び笑いにまでおさまったが、ゆっくりと首をふるフィリップの青緑色の瞳は、なおもおかしそうにまたたいていた。「最強ガソリン《タイガー》をタンクに入れろという、石油会社の宣言文句ならもちろん聞いたことがあるが、いつもながらおまえはさらに度を越したことをしてくれるな。こっちの考えが甘かった」

パンドラはほっと息を吐いた。「怒ってないのね？」

「かんかんだ」悠長に言いながらバスルームを横切って、浴槽のなかにとびおりてパンドラのとなりにならんだ。「というより、もっとゆっくり考えるひまがあれば、怒りがこみあげてくるんだろう」

「ほんの小さな虎じゃない」パンドラはすがるように言った。

「どこで手に入れたのか、たずねるべきか迷っているよ。聞いて愉快な答えばかりじゃない予感がするからな」

「バザール。密猟者」パンドラは単語だけで言った。

「掘ればさらに多くの話が出てくるのだろうが、詳細はあとで聞かせてもらおう」いつもの皮肉な目にはいまも笑いが残り、パンドラの顔をのぞきこむ表情はめずらしく優しかった。「だが、ここにおいておくわけはいかないぞ」穏やかに言った。「野生保護区に送る必要がある」

「わかってる」パンドラの目がうるんでいた。「そばにおいてかわいがりたいからって、野生の動物の自由を奪うのはよくないから。それは正しいことじゃない」

フィリップの顔に独特の表情がうかんだ。「ああ、正しいことじゃない」口先だけでぼんやりとくり返した。パンドラの腕のなかにいる虎に目をやって、取りあげようと手を伸ばした。「おまえの友達はラウールに預けて、輸送の準備が整うまで世話をさせよう」

「だめ」パンドラはあわてて一歩さがった。「あたしがラウールのとこに連れていく。興奮して暴れることがあるから。引っかかれるかも」

フィリップの視線がパンドラの腕に巻いた包帯にむけられた。「なるほど。それはこの人畜無害な赤ん坊からのプレゼントだな」

パンドラは苦笑いをしてうなずいた。

「そんな経験をしたというのに、わたしにやらせてくれないのか?」

「それとこれはべつ」パンドラは肩をすくめた。「だって、アンドロクレスは、言ってみればあたしのものだもん」

「べつではない」フィリップは優しく言って、子虎を取りあげて、そっと、だがしっかりと抱きかかえた。「そのおまえは、言ってみればわたしのものだ」フィリップはパンドラの顔が明るく輝くのを見る前に背をむけた。「荷物をまとめておくように。当面のあいだは、父親のところにもどすとしよう。今回の罰があまりうまくいかなかったことは、だれもが認めるところだからな」フィリップは早くも浴槽のステップをあがって、いつものように皮肉でとらえどころのない表情をうかべてジラのいるほうにむかってきた。「二十分ほどで迎えにくる」ジラのわきで足を止めて、かすかにゆがんだ微笑をうかべた。「この部屋で魔法が働いていたことは、いまも疑っていないよ、ミス・ダバラ。だが、魔法の使い手がふたりのうちのどちらだったかは、わたしには判断がつきかねる。このような尋常でないことでパンドラに説得されてしまうとは、きみは並みの女よりもずいぶんと懐《ふところ》が深いようだ。そういえば、ダニエルから伝言をことづかっていたのを忘れていたよ」おもしろがっているような表情が一瞬より長く目にとどまった。「失念するとはうっかりしていたようだ。きみを追っていたうちの三人を拘束したが、ハサンはいまだ捕まっていないらしい。ダニエルは追って詳細を伝える電話を待っているので、夕食はいっしょにとることはできない。あとで部屋に寄るとのことだ」

フィリップは返事を待たずに部屋を出ていき、ジラは扉が閉まるのを見とどけてからふり返った。パンドラは、フィリップが去った場所から動いていなかった。表情は朝日のように明るく輝いたままで、それを見たジラは空恐ろしくなった。こんなに激しく一喜一憂する人は見たことがない。このままでは、いつか傷つくのが目に見えている。

「喜びすぎだわ」ジラはささやいた。「フィリップの言うことをそんなに大げさに受け止めちゃだめよ、パンドラ。危険すぎる」

「この世の中に危険じゃないことなんてあるの？」パンドラは肩をすくめた。「今日は幸せになって、明日、不幸になるかもしれないほうがいいよ。ひとつの幸せもあじわえないよりはね。そういう生きかたは無理なの」パンドラは浴槽から出て立ちあがった。「となりのゲストルームから荷物を引きあげないと。フィリップを待たせたくないから。考えなおす時間をつくらせたら、アンドロクレスのことでほんとは激怒してるって気づいちゃうもんね」パンドラは明るくにっこりと笑った。「じゃあ、明日の朝五時に厩舎にいるからね。罰を解かれたから、オイディプスがあたしがいなくて淋しがってなかったか、たしかめにいかないと」

ジラは首をふった。「パンドラ、いいかげん学習したら？　オイディプスに乗るのはばかなことだってわかってるんでしょう」

パンドラの顔から笑いが消えて、かわりに遠慮のない不快そうな表情がうかんだ。「ばかはどっちよ」パンドラは声を荒らげた。「自分はダニエル・シーファートを求めているくせに。手に入れるための武器は全部持っているのに、行動を起こそうとしないじゃない」両手を強くにぎりしめた。「無力でもなんでもない。やればできるはずなのに。それなのに、いま手にあるものを失うのを恐れて、なにもできずにいるの。そういうのこそ、ばかっていうんじゃない」

ジラは思った。いまのわたしはアンドロクレスを浴槽に見たときのフィリップのような啞然とした顔をしているにちがいない。もっともここにいる虎は、おとなしく抱かれるようなかわいさはなく、最大の効果をあげる攻撃のつぼを知っている。

パンドラの表情にかすかな後悔がよぎり、出口にむかう途中でジラにおずおずとハグをした。「ごめんなさい」パンドラは口にした。「でもほんとのことだから。言ったことは全部ほんとのことだから」扉をあけた。「自分でよく考えてみて」

まちがいなく考えることになるだろう、とジラはぼんやりと思った。ほんとうなら、いまごろはフィリップが伝えてくれたハサンのことを考えるべきなのに、そのことには集中できなかった。ハサンがもたらした危険や絶望は、ずっと遠くの出来事のように感じる。現実としていまの自分に関係あるのは、ダニエルのことだけだった。ジラは夢遊病者のように部屋を横切って格子飾りの窓の前に立ち、夕暮れで紫色にかすむ遠くの山々を意味もなくじっと見つめた。

わたしは恐れている？　ダニエルが自分の人生からいなくなるのをどうしても止めたくて、彼が差しだしてくれた友情という藁《わら》にすがったのだろうか？　たしかにダニエルにそれとなく指摘されたように、心のどこかで自分の価値を疑っているのもあるかもしれない。つまり、ダニエルの愛を受ける資格がないと感じていたということだろうか？　パンドラは、ダニエルはジラに欲望をいだいていると言った。でも、もしそれがほんとうなら、今朝、ジラが自分を捧げようとしたとき、どうしてダニエルは拒んだのだろう？　彼はだれよりも率直で単純な男で、偽善を嫌っている。やっぱりパンドラはまちがっているのだ。

でも過去には求めてくれた。あの晩の洞窟のなかでは、ダニエルは信じられないほどの激しい情熱でジラを求めた。もしかしたら、もう一度あのときのような気持ちにさせることができるかもしれない。でも、どうやって女から男を誘ったらいいの？　妖婦のように誘惑しても、きっと笑われるだけ。やっぱりいまのままで満足して、それで……。

だめ！　これではパンドラに責められたとおりの臆病者だ。あと数日もしたら、ダニエルに連れられてザランダンにいくことになる。そうなったら、あとはいつ会えるかわからないじゃないの。単なる友達よりも、愛人になったほうが絶対に有利だ。なにもしないでダニエルが去っていくのをただ待つのではなく、拒まれるのも覚悟であたってみたほうがいい。彼の目に魅力的に映るための工夫なら、なにかできることはあるはずだ。ジラは窓に背をむけて、ベッドのわきのウィングチェアまで歩いていった。腰をおろして、もの思いにふけるように椅子の背に頭をもたれた。パンドラに言われたとおりだ。考えることはいくらでもあった。

最初のノックには応答がなかった。ダニエルはもう一度ドアをたたこうとして、ふと考えなおした。時間はすでに十一時をまわっている。ジラはきっと待ちくたびれてベッドにはいったのだ。

そのとき、扉があいてジラが迎えた。白いサテンで仕立てたガウンを着て、足は裸足だったが、ベッドサイドのテーブルにはいまも明かりがともり、見あげる目は、用心深くぱっちりと冴えていた。

「遅いのはわかってるが、クランシーからたったいま連絡があったところなんだ。明日にしようとも考えたけど、ひと晩じゅう気をもませても悪いと思ってね」

「クランシー？」ジラはぼんやりと聞き返した。それからドアからうしろへ一歩さがった。

「ああ、ハサンのことね。わざわざ言いにきてくれてありがとう。どうぞ、はいって」

ダニエルは一瞬ためらったものの、なかにはいって扉を閉めた。「ハサンの潜伏場所については、仲間の連中から新たな情報を引きだすことはできなかった。おそらく、ほんとうに知らないのだとクランシーは考えている」ダニエルは冷たい笑いをうかべた。「もし知っていたとしたら、洗いざらい吐いていたはずだからな」

「そう、残念ね」ジラはそわそわと顔の髪をはらった。「まだこのあたりにいると思う?」

「そうだとしても、きみに近づくことはない」ダニエルは優しく言った。「怖がる必要はないよ」

「怖がってないわ」

いや、怖がっている。たったいまつややかな髪を顔からはらいのけたとき、手がかすかにふるえ、喉の脈がせわしなく打っていたのを、ダニエルは見逃さなかった。衝動的に前に進みでて、ジラの肩に手をおいた。薄いガウンごしにあたたかくなめらかな素肌を感じて、安心させようという気を起こしたのはまちがいだったと、すぐに悟った。手から力を抜いて、何気ない軽い感じをよそおった。「きみは安全だ。あいつには指一本ふれさせない。だれもきみには指一本ふれはしないよ」

ジラがうつむくと、髪が前に垂れて顔が陰になった。「わたしはそのことを恐れているの」声が揺れていた。

「なんだって？」ダニエルは意味が呑みこめずに眉をひそめた。

ジラはまつげで瞳を隠し、落ち着きなく唇を舌で湿らした。「わたし、ふれられたいの」ためらいながら口にした。「あなたにふれられたいの、ダニエル。二度とふれてくれないんじゃないかと思うと、死ぬほど不安で」

ダニエルが大きく息を吸うのが聞こえたが、ジラは目をあげることはしなかった。目をあげたら勇気がくじけてしまいそうで怖かった。「パンドラは、あなたはわたしのことを求めてるって言うの」ジラは唐突に腰に結んだ帯をまさぐって、ほどきはじめた。「それが正しいかはわからないけど、もし、そう感じていなかったとしても、感じてほしいの。ああ、なんてまどろっこしい言いかた。男の人を誘惑するなんて、どうやっていいのかわからない」

ふいに結び目がほどけ、ジラはガウンをひらいて、前に出てダニエルのこわばった身体にやわらかな裸体を押しつけた。「これでどう？」

ダニエルは身ぶるいをした。全身の筋肉が石のようになった。「ジラ、こんなことはやめてくれ」目を閉じた。「おれには受け入れられない」

「わたし、困らせちゃったのね？」ジラは哀れっぽく言った。「パンドラの勘ちがいだってわかっていたけど、もしかしたらなんとかできるかもしれないと思って」

「あいつ、よけいなことを言いやがって！」ダニエルは言葉をしぼりだした。「前にも言ったとおり、哀れみの気持ちから施しものとして差しだされるのがいやなんだ。ほしいにきまってるだろう」ダニエルはいきなり腰をつきだして、自分の硬くなったものをジラに密着させた。「あの洞窟の夜以来、どうにかなりそうなくらいずっと求めている。だからといって、自分をコントロールできないわけじゃない。おれのことを怖がる必要はないんだ、ジラ」

明るい喜びがジラの胸いっぱいにひろがった。ダニエルはわたしを求めていてくれた！それがすべてではないけれど、大きな意味はある。友情と欲望。それを足がかりにできる。「怖がってないわ」そっとこたえた。「わたしのことをずっと感情的なばかな女のように思っているでしょう。ねえ、目をあけて、わたしを見て、ダニエル」ダニエルが目をあけると、ジラの澄んだまっすぐな瞳が見つめていた。「怖がっているように見える？」ジラは優しく聞いた。「洞窟のときも怖がってた？」

「あのときはそうは思わなかった」ダニエルは喉をつまらせた。「でもあとになって……乱暴すぎたかもしれないと思った。おれは完全に興奮してわれを失っていた」

「わたしもおなじだったわ」ジラの手が持ちあがってダニエルの唇にふれた。「この世の終末がおとずれたみたいだった」指がダニエルの頬のがっちりとした骨格をなぞった。「それか、はじまり。あのときは、どっちだかわからなかったの」ジラは一歩さがって、ガウンをひらいて陰影のある神秘の女体をさらけだした。「いまからたしかめてみることはできる？」

「きみにとって、そんな美しいひとときになるならいいが」ダニエルはささやいた。彼の顔には美しい欲望がただよっていた。「優しく愛情たっぷりに接したいと思ってる。このごろは夜眠らずに、どうやってきみにふれたらいいか、ずっと考えていたんだ。きみを喜ばすにはどうやって、なにをどんなふうにしたらいいか、ひとつひとつ考えていたんだよ」ダニエルの瞳は熱っぽさで黒く光っていた。「だが、いまはあまりに飢えていて、それが実践できるか自信がない」

「だったら、わたしが喜ばしてあげる」ジラは愛情をこめて微笑んだ。「捧げることは与えられるよりもっと美しいから」

ダニエルは深く息を吸った。「かわいいことを言うな。おれは、なんてついてるんだ。とにかく努力しよう」ダニエルの手が肩から首すじまで這いあがった。「捧げるよりも多くを奪わないように最善をつくすよ」ジラの顔を上にむかせ、長い髪をたっぷりとすくって指をからめた。ダニエルの唇がゆっくりとおりてくる。じれったいほどゆっくりと。ジラは自分でも戸惑うほどの抑えきれない激しさでダニエルを求めていた。彼のほうに身をのりだして、切ない吐息とともに自分から唇を押しつけた。

ダニエルは硬く凍りついた。つぎの瞬間、氷は炎にかわり、ダニエルはうなり声をあげて野蛮なまでの情熱でジラの唇を奪った。唇をこすりつけ、何度もキスをくり返す。歯で唇をくわえ、あたたかく艶《なま》めかしい舌を這わせた。まるで飢えているかのようにジラをむさぼり、どんなにそうしていてもまだ足りないというように、喉の奥から空腹を示すような低いうなりを出した。

　ダニエルの手が肩にもどり、白いガウンが腕から抜かれるのをジラは意識のどこかで感じた。ガウンは絨毯に落ちてシルクの水溜りのようにひろがり、あたたかな硬い手が夢中になってむさぼりながら、ジラの背中をおりていく。「あの灰色の牝馬に乗って前をいくきみを、じっとうしろからながめてたんだ」ダニエルはつぶやいて、大きな手で尻をつつんでやわらかな肉をもてあそんだ。「かわいい尻だと思った。ずっとこうしたいと思ってた」

「ほんと?」やっとの思いで言葉を口にした。胸が締めつけられてまともに息もできない。青い張りのあるコットンのシャツに乳房がこすれ、その下からダニエルの胸の鼓動が伝わってくる。「気づかなかった。鈍感な女だって思ってたでしょう」

「見えていないんだ」ダニエルはささやいた。「きみはなにも見えていないんだよ」首すじに顔をうずめて、なめらかな肌にそっと鼻をすりつけた。「きみを見るたびに、おれはいつだっていやらしい妄想《もうそう》をふくらませていた」

「たとえば?」ジラは自分でなにをしゃべっているのか、よくわかっていなかった。頭がくらくらする。ダニエルの手はものすごく大きくて力強いのに、こんなにも優しくジラをつつみこみ、あじわっている。

「一から十まで説明してやるよ」かすれた声で笑いながら請け合った。「最後は実演つきでね」いきなりダニエルはジラを持ちあげて、腰を押しつけてきた。「くり返し想像したのはこれだ。おれの感触は好きか、ジラ？」

ジラの指がダニエルの肩に食いこんだ。「ええ、そうね」消えそうな声で言った。目を閉じてダニエルの胸に気だるく頭をつけた。心臓がどくどくと鼓動を打っている。まるで早鐘《はやがね》のように。「その妄想はわたしもとても好き」

「これは妄想じゃない。現実だ」ダニエルは自分に押しあてたジラの身体をゆっくりと下におろしていった。彼の全身の筋や腱が、つぎの行動に備えて緊張しているのが伝わってくる。やがてジラの裸足のつま先が床にふれると、ダニエルは身体を引いた。顔にはうっすらと微笑がうかび、目が興奮でくすぶっている。「ふたりにとっての現実だ。きみのほうはなにか妄想したかい、ジラ？」

頬がかっと熱くなった。「ええ、たぶん」すっかり服を着たダニエルの前に裸で立たされていると、自分の姿がとても心もとなく思えた。無防備でものすごく恥ずかしかった。

ダニエルはドアにもたれた。彼は欲望に燃えているはずだ。それでもわざとのんびりとしたようすで、ドアに背中をつけ、ジーンズの両脚をすこしだけひらいて立っている。色あせたデニムの生地が、ふくらはぎや太もものたくましい筋肉に優しくそっている。茶色いサンダルを履いただけの足は、身体のほかの部分とおなじように強くたくましかった。

「おれにどうしてほしい？」ダニエルがそっと質問した。「きみが喜ぶことをなんでもするよ。どんなことでも言いなりだ」ジラの顔をじっと見つめ、真っ赤に染まった頬と、傷の残るふっくらした唇のあたりに視線をさまよわせた。「恥ずかしいのか？　おれからはじめたほうがいいか？」

ジラはうなずいた。「わたし……」弱々しく首をふった。「なんだか落ち着かなくて」

ダニエルは優しい笑顔を見せた。「いまだけだよ。すぐに慣れるさ。じゃあ、おれの妄想からいこう。そこからベッドのところまで歩いて――ゆっくりだよ。肌がランプの明かりに照らされて、裸の背中で髪がつややかに揺れるのが見たい」

ジラは言われたとおりにした。歩きながらダニエルの視線を感じる。まるでじかにふれられているようだった。静寂につつまれた部屋にダニエルの息遣いが響いている。この数分のあいだに急に荒くなった。ジラが興奮させたからだ。そう思うと全身に喜びがひろがって、それまで感じていた恥ずかしさが消えていった。ベッドの前で足を止め、背中で波打つように髪をうしろにはらった。肩ごしにふり返って笑いかけた。「こんな感じ？」

「そんな感じだ」ダニエルはもたつく声で言った。「じゃあ、ベッドに腰かけて」彼はジラをじっと見つめたままサンダルを脱いだ。「ああ、とてもきれいだよ」ダニエルが部屋を横切ってジラのほうへ近づいてくる。絨毯を踏む素足は音を立てなかった。「しなやかで、やわらかくて、女らしい」ベッドに腰かけたジラの前に立った。「脚をひらいて」ダニエルは床にひざをついて太もものあいだにはいった。視線がジラの表情をさぐるように見つめている。「今度はきみの番だ」静けさのなかでダニエルの声が低く静かに響いた。「こっちの準備はできているよ。さあ、なにをしてほしい？」

なんでも、全部。こんなにも近くにいるのに、指の先すらジラにふれていない。ジラの全身の神経が痛いほどのもどかしさを伝えてきた。「さわりたい……あなたに」唇を舐めた。

「じゃあ、さわってくれ」ダニエルの笑顔は濃厚な色気をただよわせていた。「そして見るといい。きみほど見た目に美しくないが、ここにあるのはすべてきみのものだよ」ジラの両手を取って自分の胸においた。「まずはシャツを脱がせる必要がある」

「あなたを見せてほしい。洞窟は真っ暗だったから」

ジラはふるえる指で紺色のコットンシャツのボタンをはずしにかかった。待ちきれないダニエルが手のひらで胸をもてあそびはじめたので、ふるえはますます大きくなった。「みずみずしくてきれいだ」ピンク色にとがる乳首を見つめる視線は、熱く燃えていた。「やわらかくて、弾力があって。またべつの妄想を思いついたから、忘れなかったらあとで言うよ」

「つぎつぎに言われても、ついていけないわ」ジラは声をふるわせた。シャツをダニエルの肩から押しさげた。「それに、そんなことをされてたら、まともに考えられないじゃない」「好都合だ。まともに考えられなければ、恥ずかしがるひまもないだろう」ダニエルが優しく輝く瞳で見あげた。「ふれてくれ、ジラ」

ふるえる手をダニエルの胸に平らにおいた。たくましさと熱と生命力が伝わってくる。やわらかな赤い毛が、ジラの手のひらをくすぐる。その茂みのなかに乳首を探しあてると、ダニエルの口から息がもれ、両方が手のなかで硬くなった。頭をゆっくりとおろして猫のようにそっと舐めると、乳首はさらに硬さを増し、ジラはなんとなく得意な気持ちになった。荒い息遣いのほかはなんの反応も聞こえなかったが、しばらくそのまま舌を這わせ、さらには歯をあててもてあそんだ。目をあげてみてようやく、歯を噛みしめ、鼻をふくらましたダニエルの力のはいった表情に気づいた。「これが好き?」ジラはささやいた。

ダニエルはかすかに自虐《じぎゃく》的な声で笑った。「ああ、好きだよ。興奮で変になりそうだ」ジラの手を取って硬くなった下腹においた。「わかるだろう?」ジラの腰に腕をまわして、乳房に頬をうずめた。「ちょっと休憩だ。きみがほしくてたまらない。気持ちが先走りすぎている」口ではそう言ったが、あらわになった胸の誘惑に耐えきれないように、柔肌に激しく頬をこすりつけた。肌にふれるざらざらとしたひげが、エロチックな興奮を誘う。唇はあたたかく、吐息は熱かった。

ジラは身体をそらして夢中で自分を差しだした。ダニエルの唇が大きくなった乳首に飢えたように食いついた。意味のない、文にならない言葉をささやきながら、欲望のままに歯をあてて吸いつき、舌を這わせていく。ジラは静けさのなかに甘い声をもらした。

と、ダニエルの唇が乳房からはなれた。そして胸の谷間を熱く焦がし、お腹のなめらかな肌をつたって、女の部分を守るやわらかな茂みのほうへおりていく。ダニエルは顔をあげた。白い顔のなかで瞳がらんらんと光っている。「ジラ？　いいと言ってくれ。これ以上我慢できない」

ジラは首を縦にふった。言葉が出なかった。いまはもう、なにも考えられなかった。

ダニエルは深く息を吸って、身体を揺さぶるほどのふるえを抑えようとした。「ほんとだな？　今度こそ、きみのペースに合わせたいんだ」

ジラは声を出して笑いそうになった。「ほんとよ」わななく声でこたえた。

ダニエルは一瞬たりともむだにしなかった。すぐさま立ちあがり、荒々しい勢いで自分の服をはぎとった。ちがう、ダニエル自身が荒々しいのだ。ジラは彼の身体に目を這わせて思った。引きしまった力強い尻、鉄のように硬いふくらはぎと太ももの筋肉。野性的で猛々しくて、燃え立つような髪とひげを持つ、生まれたままの姿をした雄の巨人のようだった。

それでも濃い青い瞳には、ひとつも乱暴なところはなかった。その目が優しい光でジラを見つめている。「横になって」そっと言った。「きみを傷つけたくないんだ。二度と傷つけない。今度こそゆっくりと穏やかにいこう」自分にそそがれている視線に気づいて、ダニエルはにっこりと笑った。「きみがほしい。どれだけ求めているか見せてやろうか？　さわりたいか？」

ジラは首をふった。「まだいいわ」笑顔を返した。「たぶん、あとで」

「じゃあ、楽しみにしてるよ」ダニエルはジラを枕に押したおした。「おれの身体は気に入ったかな」おおいかぶさってジラを見おろした。「楽しんでもらえたか？」

「ええ……よかった」ジラは喉をつまらせながらこたえた。大きな両手に太ももを押しひらかれて、細めた目で熱く見つめられていると、まともにしゃべるのが難しかった。「きれいだったわ、ダニエル」

「お世辞を言わせたくて聞いたわけじゃないよ」ダニエルは笑った。「自分が映画俳優じゃないことはわかっている。そうじゃなくて、怖くなかったかたしかめたかっただけだ。このとおり大男だからね」

またしてもダニエルはおなじことを。どうしてジラが怖がっているという考えを捨てられないのだろう？「ちっとも怖くなんて――」

なめらかなひと突きでダニエルがはいってきて、ジラは呼吸も考えていたことも忘れて、身体を燃えあがらせた。「ダニエル！」

「我慢できない」喉の奥から声を出した。ダニエルの頬は上気し、目には美しいまでの官能をたたえている。ジラはこのままずっと見つめていたい思いに駆られた。「すごく気持ちいいよ」ダニエルがゆっくりと腰を動かし、ダニエル自身で、そして美しいものでジラを満たしていく。「ぴったりだ。おれたちは、こうやってひとつになるべきなんだ。そう感じるだろう、ジラ？」

ダニエルを感じる。一体感と、熱い炎と、奇跡を感じる。両手をダニエルの胸に這わせて、無心に手を動かしてまさぐった。いっぱいに満たされ、からになり、そしてまた満たされる。胸もいっぱいになって、ダニエルのことがもっともっとほしくて、痛いほどに乳房が張りつめた。

ダニエルをさらに呑みこもうとして、ジラは衝動的に身体を持ちあげた。ダニエルがぴたりと動きを止めた。目は閉じていた。胸が荒い息で波打っている。「なんてことをしてくれたんだ。せっかくうまくやっていたのに。文明的にふるまっていたつもりだった」まぶたがいきなりひらいた。「悪いな。できるだけのことはした」

そしてダニエルは雄と化した。突きあげ、押し入り、ジラを揺さぶった。うわごとのような甘い言葉。手が荒々しく、それでいて愛しそうに肌の上を這う。大胆で、熱くて、優しい手だった。なにもかも見えなくさせるほどの恍惚《こうこつ》のうねりがジラを呑みこんだ。ダニエル。美、熱、そして絶頂の炎。

ダニエルがジラの腕のなかにくずれ、酸素を求めるように胸を上下させた。大きなこぶしをにぎると、ジラがぎょっとするほど乱暴にベッドにたたきつけた。「くそ！　台無しだ！」ジラはあまりに驚いて、最初はただ唖然とするばかりだった。「ダニエル？」指をふんわりとしたやわらかな髪にさしこんで、なだめるようにそっとなでた。

ジラの喉もとに顔をうずめたダニエルから、身体のふるえが伝わってくる。「ごめんよ。ほんとうに悪かった」ダニエルはささやいた。「精一杯、努力はしたんだ。おれを嫌わないでくれ、ジラ」

「嫌うですって！」言っていることがわからずに、ジラは頭をふった。「どうして嫌いにならなきゃいけないの？」

「きみのために美しいひとときにしたかった。優しく穏やかに抱きたかった」ダニエルは声をあげて笑った。「おれは白馬の騎士になりたかったんだよ」

「美しいひとときじゃなかったと思ってるの？」ジラは信じられなかった。「あなたって、根っからのばかよ」

ダニエルは頭をあげた。「気休めを言わなくてもいい」うなるように言った。「おれはあんなふうに押し入った。乱暴以外のなにものでもなかった」

ジラの唇の両端があがった。「いまだってまだ押し入ってるじゃない」ジラは取り澄まして言った。「だけどわたしは拒絶していないでしょう」

「笑いごとじゃない。どうして笑っていられるのか理解できない。おれは犯したも同然なんだぞ」唇が苦痛に引きつった。「いくら寛大でも、許せることじゃない」

「なにわからないことを言ってるの」ジラはきっぱりと言った。「黙りなさい」両手でダニエルの顔をつつんで、目を見つめた。「美しいひとときだった。多少荒っぽいところがあったのはたしかだけど、それはあなたの個性じゃない。優しさと美しさもあなたの個性だし、そのどれが欠けても、わたしはこういうことはしなかった」ダニエルの頭を引きよせて、しっかりと唇を重ねた。「なぜわたしのことを、それほどか弱いと思うようになったのかは知らないけど、それはまちがいよ。わかった？」

ダニエルの瞳は妙に明るかった。「わかった」低い声で応じた。唇をふさがれ、ジラは甘いキスにとろけそうになった。ダニエルは頭をあげた。「ともかく、今度はもっとましなはずだ」

ジラはあきれて首をふった。なんという頑固な人。そのとき、身体のなかで脈動する彼を感じて、笑いがこみあげた。「どうやらすぐにその機会がおとずれるのね」

「そのとおりだ」ふたたび一定のリズムがはじまる。深くゆったりとした動きだったが、それでもぞくぞくした。「これが一番好きな妄想だった。きみと愛を交わして」言葉に合わせて腰が動き、ジラの口から息がもれた。「ひとつになる。何度も、何度も。腰をしずめるごとに深く、甘く、熱く……」

いくらかの時が過ぎ、ジラはふと、こめかみにダニエルのキスを感じた。深い充足にひたりながらダニエルの肩に頭をのせて横になり、格子飾りの窓からはいる月影をながめているところだった。ランプの明かりは消され、そこにあるのは暗闇と、月明かりと、ダニエルだけだった。

「ところで、答えは決まったかな、友よ」ダニエルがそっと言った。

「決まったって？」

「世界の終わりか、世界のはじまりか」

ジラはダニエルに身をすりよせた。「ああ、そのことね。はじまりよ」再生して日が昇る。ダニエルの腕のなかで世界が新しくつくられる。「どう考えても、はじまりよ、ダニエル」

9

数時間後に目を覚ましたときも、新しく生まれ変わった喜びと、あたたかな満足感はなおも失われていなかった。夜明け前のまだ暗い時間で、ジラはもう一度目を閉じて眠りたい思いに誘われた。こうしてダニエルの腕のなかにいるのは、なんて気持ちがいいのだろう。ぴったりと身体を寄せると、眠りながら独占欲を発揮するように、ジラをつつむ腕にぎゅっと力がはいった。

ゆうべは最高の一夜で、ダニエルは愛情たっぷりに接してくれた。ふたりの関係を約束する言葉が出ることはなかったけれど、愛の行為にはたしかに意味があった。ジラを抱きながらささやいたのは、熱情と独占欲をあらわす言葉だった。そして熱い興奮が去ったあとも、ダニエルはとても優しく思いやりにあふれていて、ジラの胸のなかでは希望が一気に大きく花ひらいたのだった。それでも多くを望みすぎてはいけない。友情と欲望というすばらしい種をもらったのだ。ふたつの種にたっぷりと栄養をやって、それが愛に育っていくのを祈っていこう。

部屋のなかはひんやりとしていた。ダニエルを起こさないようにして、シーツを引っぱりあげて、そっと肩までかけてやった。まぶたを閉じる。そして満ち足りた霧のなかで急にあることを思いだして、はっと目をあけた。パンドラ。ジラは口に出してうめきたい衝動に駆られた。ああ、もうすぐ夜明けじゃないの。パンドラは厩舎でジラのことを待っているのだ。

もしジラがあらわれなければ、パンドラは必ずまたオイディプスを連れだすにきまっている。もっとも、どっちみちそれを阻止できるとも思えないけど。ジラはひねくれた気持ちでそう思った。それでも、止める努力をしないわけにはいかなかった。大きな種牡馬に乗って怪我をする危険ももちろんあるし、それをまぬがれたとしても、かんかんになったフィリップがどんなひどい言葉で少女を打ちのめすかわからない。

とはいえ、昨日の晩、フィリップは意外なほどパンドラに甘かった。そのことを思いだして、ジラは首をひねった。意外どころか、シークのパンドラに対する優しさにとても驚かされたといっていい。ふたりのあいだには、どんな不注意な人でも気づかないではいられないほどの、なにか特別なものがあった。

いまはフィリップやパンドラのことではなく、ひたすらダニエルのことだけを思っていたいのに。普通に考えて、パンドラがなにをしようと、その後ふたりがどうなろうと、彼女自身の判断にまかせておけばいいじゃない。けれどジラは暗いため息をついた。自分を賢明に諭したというのに、巻きつけられたダニエルの腕をそっとどけて、すでにベッドから出ようとしていたのだ。放っておけないのは自分でもよくわかっている。パンドラのことが気がかりだった。奔放でわがままなのは否定はできないけれど、熱心で、思いやり深い面もあって、そんなところはほんとうにかわいいと思える。もしもジラがいかなければきっとパンドラに厄介なことがふりかかるとわかっているのに、それを黙って見過ごすわけにはいかなかった。もしかしたら、ダニエルが目を覚ます前までに部屋にもどってこられるかもしれない、そうジラは計算しながら思った。下着、ジーンズ、白い長袖のセーター、ブーツをクローゼットから手早くかき集めて、バスルームにこもった。もっともパンドラが相手となると、先のことはまるで読めない。ダニエルにいちおう伝言を残しておいたほうがいいだろう。

それから間もなく、ジラは厩舎の敷地を歩いていた。太陽はまだ顔を出していないものの、灰色の雲間からはラベンダー色の淡い光が射していた。ジラは朝のこうした時間が好きだった。世界は静寂につつまれ、やわらかな芝を踏む自分の足音が耳にとどく。ジェス・ブラッドフォードとも、このくらいの時間に起きだして、よくいっしょに夜明け前の牧場へ馬乗りに出かけたものだった。早朝の穏やかな静けさのなかにいると、なぜかふたりの人間のあいだに居心地のいい親密な空気が生まれ、無言のうちに気持ちが解けあうのだ。けれど、柵にもたれてぼんやりと草地をながめるパンドラの姿をひと目見て、今朝は穏やかで親密な馬乗りはないようだとジラはすぐに感じた。

パンドラはジーンズに黒っぽいリブ編みのセーターという、いつもの乗馬スタイルをしていたけれども、ふだんどおりなのは服装だけだった。こちらに背をむけていて顔は見えなかったが、表情はさぐるまでもない。つらい重みを背負わされているように、背中が緊張でこわばっている。必死に自分を抑えようとしている心のうちさえ、読めるようだった。

「パンドラ?」

パンドラはふり返らなかった。「ダンシング・レディに鞍をつけておいてあげたよ。まだ厩舎につないであるの。ジラがいつごろ来るかわからなかったから。最初は、とりあえずこの場所で待ってたほうがいいと思ったんだけどね」

「だって、あたしが約束をすっぽかしたって思われたらいやだもん」パンドラはふるえそうな声で笑った。

「パンドラ、なにかあったの?」ジラは少女のそばまできて、そっぽをむいているパンドラの顔をのぞこうとした。

「とくに、なにってわけじゃない」パンドラの細い神経質な手がフェンスの横木をぎゅっとつかんだ。「この場所にはもういられなくなったってだけ。今日の午前中、ここを発つの。

昨日、フィリップがあたしを車で送りながら、いい報せを伝えてくれたの。フィリップのヘリコプターでマラセフまで運ばれて、そこからイギリス行きの飛行機に乗るんだって。わくわくするでしょう?」

「イギリス?」ジラは驚いて聞き返した。「わからないわ、いったいどういうこと?」

「わからない?」パンドラは引きつった口調で言った。「イギリスの私立学校はすごくいいんだって。ロンドンにいるフィリップの代理人のところに世話になるんだけど、その人があたし向きの学校を探してくれるの。いい厩舎があって、馬術競技のオリンピック選手を養成する学校にするって、フィリップは言ってくれた。夢みたいな話でしょう?」

「それにしたって、どうしてこんなに急なの? ゆうべは、とくに怒っていないみたいだったじゃない」

「ぜんぜんわかってないね」やけに興奮したように早口になった。「これは罰じゃないの。あたしにとって一番いいと思って、そうしてくれるの。自分で言ってたもん。〝おまえにはこれが一番だ〟って。何度も何度もそう言ってた。あたしの言葉も聞かないで」パンドラは柵からはなした片手を、手の甲が白くなるほど強くにぎりしめた。「なんにも聞いてくれなかった」

「お父さんはどうしてるの? なにか意見はないの?」

「言ったでしょう。父はフィリップの言いなりだって。あたしをアフリカの未開の地にやって、人食い人種の食事係りにしろって言われても反論しないから」

「イギリスはそこまで悪い場所じゃないけどね」ジラは気を使って言った。「それに、ほんとうに一番いい道かもしれないわ。試してみるのもいいんじゃない？　フィリップだって本気でそう思っていなければ、ぜったいにあなたをいかせたりしないわ」かわいそうな少女を思って胸がきりきりと痛んだ。腕で抱きしめて慰めてあげたかったが、そんなふうにして気持ちを上から抑えつけてもしかたがない。すぐにはねのけられるにきまっている。

パンドラは苦痛に満ちた悪態をつぶやいた。「あたしをいかせるのは、それが理由じゃない」やけになったように乱暴に言い放った。「距離が近くなりすぎたからよ。フィリップはだれも近くに寄らせないの。あたしが限度を知らないってわかってるから、このままだとあたしがフィリップを——」パンドラはその先を言わずに、ふるえる息を吸った。「あたし、すぐにぴんときたの。おまえに一番いいことだとかなんとか、いかにも親切ぶって言ってるときにね。フィリップはこの小娘を自分の人生から追いだしたいだけなんだなって。そうすれば安心だから」肩をすくめた。「もしかしたら、自分でもそのことに気づいてないのかもしれないけど」

「でも、従うしかないなら——」

「従うわけない！」パンドラはふり返ってジラを正面から見つめ、ジラは幼い少女の顔にうかんだ苦悶の表情にショックをおぼえた。苦悶と、そして険しい決意の面持ち。黒い瞳が燃えだしそうに激しく光っている。「追いだすのは勝手だけど、あたしがどんな人生を送るかまで、フィリップには決めさせない。そのすばらしい学校のことは、ひとりで勝手に考えてればいいわ。あたしは自分で自分の道を探すから」パンドラは瞳を閉じた。「それがきっとあたしの人生になる。この苦しみを乗り越えてみせる」ささやくように言った。「見ててね、のりきってみせるから」まぶたをあけると、こらえた涙で目がうるんでいた。「さようなら、ジラ。できたら連絡する」

そう言ってパンドラは去っていった。夜明けとともに逃げていく夜の生き物のように、厩舎の敷地を駆けていった。

ああ、なんて胸が痛い。パンドラがこんなにもつらい思いをしているのに、自分だけ幸せで希望にあふれていていいのだろうか。このままいかせるわけにはいかない。その前にもう一度パンドラと話がしたかった。もしかしたら、ダニエルにフィリップと話をしてもらって……。いいえ、そんなことをしてもむだだ。あのシークが一度を決めたら梃子《てこ》でも動かないのはわかっている。ダニエルがなにより大切にしている友情によけいな緊張をもたらすだけだ。それにパンドラの父親が反論しないとなれば、だれがなにをしてもパンドラのイギリス行きを止められはしないだろう。せいぜいジラにできるのは、今回のことは観念するようにパンドラを説得して、できるかぎり支え慰めてあげることだけだ。

馬に乗る気はすっかり失せた。とにかくダニエルの腕のなかにもどって、大きな安心を得たかった。朝になって知った希望をもう一度肌で感じたい。踵を返し、屋敷にむかって何歩か歩きかけたところで、ジラははたと足を止めた。ダンシング・レディ。鞍をつけておいたとパンドラが言っていた。厩舎にいって、鞍をはずしてやらなければ。はやる気持ちから、ジラは小走りで敷地を駆けていって、馬房《ばぼう》の連なる薄暗い厩舎にはいった。ひとつめの馬房にダンシング・レディがいるのを見つけて、掛け金をはずして木の柵をあけた。

「もうあらわれないかと、数分前からやきもきしていたところだ」

ジラは身構えた。心臓が一瞬止まって、すぐに二倍の速さで打ちはじめた。ハサン！

高く積まれた干草の陰から、腕に無造作にライフルをかかえてハサンがあらわれた。「なかにはいろうかどうしようか、迷っているようだな」白々しい笑顔をうかべ、薄暗がりで黒い目が光った。「だとしたら残念だ。寝ずの番にさすがに嫌気がさしたところでね。ここに来て、すでに二十四時間近くがたつ。さっき、銀色の髪の子が馬に鞍をつけにきたときには、誘惑に負けて、そいつを人質にしようとも思ったよ。どこのどいつかわからないから、やめておいたがね。もうこれまでに十分待たされた。意味のない相手のために貴重な時間をむだにするような真似はしたくない」

「どうしてわたしがここにいるとわかったの？」ジラはこわごわ質問した。

「ここは非常に狭い世界で、シークとその客人は人々の大いなる関心の的だ。バザールにいって、慎重に聞いてまわったのさ」ライフルの銃床をにぎるハサンの手に力がはいった。「そして耳で聞いて目で観察した。数日前には、シーファートと早朝の乗馬をする姿を、遠くから見物させてもらったぜ。このライフルにはスコープってものがついてるのを知ってたか？」ハサンは手のひらで銃を愛しそうにさすった。「言っておくが、引き金ひとつでシーファートを殺すこともできた。だが、それでおまえを取り逃すことになったら元も子もない。そんなことになれば、やつらは警戒を強めて、おまえをただちにザランダンに連れてくだろうからな」

「わたしを人質にしてうまく逃げおおせると思ってるの」ジラは首をふった。「この前は失敗したじゃない」ジラは毅然として顔をあげた。「おまえも手下もダニエルにまんまとやられたくせに」

「あれは不意打ちだった」ハサンはうなった。「二度とおなじことはさせない」暗闇に揺らめく光が射しこんで、相手の姿がよりはっきりと見えてきた。あまり勇気の出る光景ではなかった。凶暴に目を血走らせた、殺気だった形相。マドラス地のシャツと黒いズボンには汚れとしみがつき、こけた頬には無精ひげが濃く伸びている。

「あとの三人ももう捕まったし、おまえも時間の問題よ」その言葉にハサンの身体がこわばった。「どうやらそのことを知らなかったようね。昨日の朝、捕まったの」

「肝の小さい愚かな連中だ。ゲーム半ばで投げだしやがった」ハサンの口もとがゆがんだ。「だが、こうしておまえを手に入れたんだ、真新しいカードでゲーム再開といこうじゃないか。おまえをうまく利用する方法を考えて、今度こそベン＝ラーシドにこれは真剣勝負だと理解させてやらないとな」

ジラの背筋を冷たい恐怖がつたった。「でもまだ手に入れたわけじゃないわ」声がふるえないようにこらえた。「この敷地から、どうやってわたしを連れだすつもり？　必ずだれかに見つかるわ」

「その場合には、おまえの背中に突きつけられた銃も目にはいるだろう」薄ら笑いをうかべた。「そうなれば、じゃまはするかな」

「ジラ、よかったよ、ここにいたのか」ダニエルが厩舎にはいってきた。にこやかな笑顔をして、明るい声にはからかうような響きがあった。「まったくなにを考えてるんだよ。いきなりいなく――」ジラの緊張を見て口をつぐんだ。

危険を察知するジャングルの動物の勘で、ダニエルは反射的に身構えた。入口の左手のほうのいちだんと濃い陰の先に、危険な男の姿をとらえた。ダニエルは荒々しい悪態をつぶやいた。

「ああ、われらが特使のおでましだな、ミスター・シーファート」ハサンが調子のいい声で言った。「これはこれは、思わぬ喜びだ。兄の身柄を受けもどすさいに、おまえの首もいっしょに要求しなくてはいけないと考えていたが、どうやらその必要はなくなった」

「浅はかなやつだな、ハサン。クランシー・ドナヒューは保安チームの半分を投入して、この土地でおまえの行方を追っている。うまくやりおおせる可能性はゼロだ」ダニエルは言い捨てた。「すこしでも頭があるなら、一目散に逃げて追っ手に捕まらないよう祈ることだ」

「おれは、そう簡単にあきらめる男ではない。兄貴はあの独裁者のマラセフの牢獄のなかで腐りつつある」険しく張りつめた顔のなかでハサンの双眸《そうぼう》がぎらぎらと光った。「ほかの連中はあきらめるかもしれないが、おれはちがう」ハサンはライフルをふって指示した。「ドアから離れろ」

ダニエルは一瞬ためらったが、やがて馬房のジラのとなりにゆっくりと移動した。ダニエルが目を細めて凝視している前で、ハサンはじりじりと横に進み、厩舎の出口の前に立ってふたりと対峙《たいじ》した。

ハサンは満足そうに笑った。「さあ、いくぞ、そこのかわいらしい淫売よ。先は長い」

ダニエルは思わず前にとびだそうとしたが、銃口があがるのを見て止まった。「殺してやるから待ってろ」ダニエルは一歩も引かない声を出した。「覚悟しておけよ、ハサン。おまえはそうやって自分の火葬用の薪を着々と積みあげてるんだ」

「そうかな?」ふたたび愚弄するような笑いをうかべた。「どうやら、気分を害してしまったようだな。この愛らしいレディに責任以上のものを感じてるってわけか? 売春婦に感傷的な執着をいだく男がいるとは聞いたことがあるが、おまえはもっと見る目のあるやつかと思っていたよ」

「おのれ……」ダニエルは警告するように奥歯のあいだからうなった。

「この女から〈黄色い扉の館〉の話は聞いたか?」ハサンは挑発した。「こいつは側女《カディム》ですらなく、ただの売春――よう、それ以上近づいてみろ。額のまんなかに穴をぶち抜いてやる。どうやらこのレディの過去を知らなかったとみえるな」

「知ってるさ」

ハサンを目にしたとき以上の激しいショックが、ジラの身体を電流のように貫いた。思わずダニエルのこわばった顔に目をやった。ずっと知っていたなんて! でもそれがほんとうだとしたら、どうしてなにも言わなかったの?

ハサンの眉があがった。「にもかかわらず、ここまで守ろうとするのか。さぞかし上玉なんだろうよ。おれも試さないわけにはいくまい。この女をおれが……保護しているあいだにな」

「そんなに薪を積みたいか」ダニエルは感情のない声でくり返した。「苦しい葬式が待ってるぞ」

「だが、薪に火をつけたくとも、おまえはもういない」引き金にかかったハサンの指に力がはいった。「そうだろう、シーファート」

「やめて！」ジラは反射的に前に出た。「撃たないで。ほしいのはわたしでしょう。ダニエルを殺しても身内の釈放のプラスにはならないわ。ダニエルに手を出さなければ、わたしはおとなしくついてく」

「黙れ、ジラ」ダニエルがかすれた声で言った。

「聞いたか、さっそく新しい男を試したがっているようだ」ハサンは口に満足そうな笑いをうかべた。「おれの言いなりになって、なんでもするな？」

「なんでもする」ジラはささやくような声で言った。「お願いだから、殺さないで」

ダニエルの顔に苦痛で引きつった怒りの表情がうかんだ。「おい、ジラ。わからないのか、こいつはただ――」

突然、目にも留まらぬほどのすばやい動きがあって、ライフルが火を噴いた。

「ダニエル！」ジラは自分が叫んでいたことさえ気づかなかった。しかし、弾はダニエルにあたってはいなかった。すぐわきの柱にあたって跳ねた。目の前を動いていったものはパンドラで、入口から突進してきてライフルをつかんだのだ。いまはコブラに食らいつく小さく凶暴なマングースさながらにハサンにしがみついている。つぎの瞬間、ダニエルは数メートルの距離を一気につめて、片手でハサンの手からライフルをもぎとり、反対の手で強烈な空手の一撃を首に食らわした。

ハサンは音もなく地面に倒れこんだ。

すべては終わった。あまりにあっという間の出来事で、ジラは一瞬呆然となった。ダニエルは無事だ。感謝の念が全身を駆けめぐり、ひざががくがくとふるえた。自分の腰からベルトをはずそうとしているダニエルのほうへ、そろそろと近づいた。ダニエルは意識のないハサンをうつぶせに返した。「大丈夫か？　おれが来るまでになにかされなかったか？」

「大丈夫。わたしは平気。ここでふたりきりだったのは、ほんの数分よ。そのまえはパンドラといっしょに外にいたの」ふりむくとパンドラは地面から立ちあがって、ジーンズについた干草やおがくずをはらっているところだった。「どうしてもどってきたの？　もちろん、こうして会えて、ものすごく喜んでいるのよ」

パンドラは肩をすくめた。「オイディプスにさよならを言ってなかったから。それをすまさないと、ここを去れないでしょ。そしたら、このうじ虫がいて」——ハサンにあごをしゃくった――「銃の先がそっちにむいてるのが見えた。だから、とびかかったの」

「しかも、非常にむだのない動きだった」ダニエルはにやりとして言った。「将来、仕事がほしくなったら、クランシー・ドナヒューに最強の推薦状を書いてやるから、いつでも言ってくれ」

「へたしたら殺されたかもしれないのよ」ジラは言った。

「ちゃんと生きてるよ」パンドラはそっけなく言った。「なかったことをいまさら心配したってしょうがないじゃない」

ダニエルの言葉を聞いているのだと錯覚しそうだった。ふたりの哲学はよく似ている。実際的で、単刀直入で、正直で。

正直？　ダニエルがジラの過去を知っていると明かしたことを思いだして、あらためてショックが走った。彼は知っていたし、知っていることをジラに黙っていた。

「〈黄色い扉の館〉のことはいつから知ってたの？」ジラは小声で聞いた。

ダニエルはハサンの両手をベルトで後ろ手に縛る作業から、目をあげなかった。「きみが熱にうかされていたときだ」気のないふうに言った。「うわごとを言っていたから、クランシーを尋問にかけた」

「クランシーがしゃべったの」ジラはうわの空でくり返した。「もちろん、クランシーはすべて知ってるわ。近くで見ていたんだから」ジラは胸の前で腕を組んだ。突然、身体がふるえだした。希望の火が消えたせいでそうなるのだ、とジラはぼんやりと思った。火が消えて、世界がまるごと氷となった。「だったらどうして、聞いたって言ってくれなかったの?」

「そのほうがいいと思った」ダニエルは視線をあげてジラの表情を目にした。すぐさま身構えたように身体をこわばらせた。「どちらにせよ、重要なことじゃなかった」

「そうかしら?」ジラの声は張りつめていた。「わたしはそうは思わない。とても重要なことよ。もし知っていれば、ゆうべみたいに迫ったりはしなかった。ずいぶん、困ったことでしょうね。そんな目にあわせて悪かったわ」

「なにを言っているんだよ」ダニエルは乱暴に言った。「わけのわからないことを言うな」

「なんのことを言ってるか、あなただってわかっているはずよ」声が割れた。くじけてはいけない。心を強くしなくては。「よくわかったわ、ダニエル。もうこれ以上、芝居をしなくていいから」

「芝居? おい、ジラ。いったいなんの話だかさっぱりわからない」

急に涙がぽろぽろとこぼれだして、頬をつたった。「やめて! 聞こえないの? もうやめて! 哀れみはいらない」ジラは背をむけて、出口のほうへ走りだしていた。「もう、いいから。同情なんて——」それ以上はしゃべれなかった。敷地を駆けぬけながら、こみあげる嗚咽《おえつ》で全身がわなわなとふるえた。ひとりにならなければ。ひとりになれる場所に身を隠して、傷を舐めて自分を取りもどさなければ。そうでもしなければ、ふたたびダニエルの前に出ることはできない。哀れなダニエル。彼はずっと親切にしてくれていたのだ。せっかくの状況をそっとしておけばいいものを、どうして自分から迫るなんてことをしてしまったのだろう。こうなったいまでは、きっと、愛人どころか友人まで失ってしまった。ジラはフェンスによじのぼって放牧地にとびおりた。そして無我夢中で草の上を走ってタマリスクの木立のほうへ、さらにその先のケシの草原のほうへ駆けていった。

扉のところからパンドラがふり返った。「牧場のむこうに走っていくよ」怒ったように言った。「どうして追いかけないの。泣いてたじゃないの」

ダニエルはおなじようにいらついた目でパンドラを見返した。「おれがそうしたくないとでも思ってるのか？　ハサンをおまえひとりの手にまかせて、ここを去れとでも？」

「理由はそれだけなの？」パンドラは床からライフルをひろいあげていったん厩舎の外に出ると、空にむかって続けざまに四回発射した。「これですぐにだれかが駆けつけてくるよ」ふり返ってきぱきとした足取りでなかにもどり、地面にあぐらをかいて銃をハサンの頭に押しつけた。「ほら、いって」

ダニエルは呆気にとられてパンドラを見つめた。それからゆっくりと顔に笑みをうかべた。「これはお見それしたな」ダニエルは立ちあがった。「推薦状ならいつでも書くぜ。たいした娘だよ、パンドラ」

パンドラはゆっくりと首をふってほろ苦い笑顔をうかべた。「あたしは、ジラになにをしてあげたらいいのかもわからない、ただの子どもだよ。信用できる人からそう言われてるから。さあ、早くいって。ダンシング・レディには鞍がついてるから」

ダニエルは敬礼するようなしぐさをして、歩いていって馬房の柵をあけた。厩舎の外に出る両開きの扉のところまで牝馬を引っ張ったが、いざとなると、このまま立ち去るのがはばかられた。だがそのとき、こちらにむかってあわてて駆けてくるふたりの係りが見えて、安《あん》堵《ど》の息をついた。これでパンドラの身は安全だ。

ダニエルは決然と唇を結んだ。あとはおなじようにジラの身の安全を祈るばかりだ。あれほど激しく泣いていれば、涙でほとんどなにも見えないだろう。あんな調子では、どんな危険に巻き込まれないともかぎらない。ダニエルは鞍にすばやくまたがると、放牧地のゲートのほうへ馬を走らせた。

10

野生のケシの草むらまであとすこしというところで、ジラの耳に馬の蹄の音が聞こえてきた。自分の名を呼ぶダニエルの声がしても、ジラは足を止めることも、ふり返ることもしなかった。

すぐにダニエルが追い越し気味にとなりにならんだ。「ジラ、止まらないなら、映画のヒーローよろしく、馬上からすくいあげることにチャレンジしないといけない。おれの乗馬の腕を知ってるだろう。きっと、ふたりして地面に投げだされるのがおちだ」

「あっちにいって。いまは話したくない」声はなおも揺れがちだったものの、身体をふるわすほどの嗚咽はようやくおさまっていた。「あとにして。いまはひとりになりたいの」

「だめだ」ダニエルは容赦のない声で言った。「とにかく、ひとりでどこかにこもることはあきらめろ。納得できるまで話をしないかぎり、おれの目のとどかないところへはいかせない。止まるのか、それとも、上からすくいあげないといけないのか?」

「ダニエル、わたし……」本気でやるつもりだ。そのことならわかっている。彼がブルドッグのようなしつこさを発揮するのを、これまでにも見てきた。ああ、こんなことをされて耐えられるはずはない。ジラは足を止め、かろうじて保たれている自制心を必死につなぎとめた。「お願いだからあっちにいって、ダニエル」

ダニエルはダンシング・レディの手綱を引いて、鞍からおりた。「それはできない相談だ」彼は取りあわなかった。「それに、きみのことも、どこへもいかせない。おれにお願いするなら、べつのことにしてくれ」

「もうあなたの仕事は終わったのよ。ハサンは捕まった。わたしは健康になった。これ以上芝居をつづける理由はないわ」

「芝居だと！」ダニエルはジラの肩をつかんで揺すった。目がぎらぎらと光った。「そんなゲームのやりかたは、おれは知らない。教わったこともないし、教わろうとも思わない」

「わたしを相手に、ずいぶん緻密《ちみつ》なプレイをしていたじゃない。わたしの前ではごまかしていたようだけど、このゲームに関しては素人《しろうと》じゃないはずよ」ジラはうんざりした顔で首をふった。「言い合っていてもしょうがないわ。なんの解決にもならない。ねえ、わたしをこの場所に引きとめた理由ならわかっているし、そのことで責めるつもりはない。アレックス・ベン＝ラーシドはテロリストを生け捕りにしたがっていると言っていたわね。わたしをおとりにするなんて、うまいことを考えたわ」

「おとり？　ハサンとその一味をここにおびきよせるために、きみを利用したと言いたいのか？」

「わたしを引きとめる健康上の理由はないって、パンドラが言ってたわ」ジラはダニエルのシャツのひとつめのボタンを一心に見つめた。もう絶対に泣くものか。「この十日間は、とても楽しくすごさせてもらった。ゆうべだけは、あんな状況に追いこんじゃって申し訳ないことをしたと思ってるわ。わたし、理解してなかったから」

ダニエルは文字にできないような汚い悪態をひととおり吐き、ジラは思わず目をあげて顔を見つめた。

「来いよ」ダニエルは馬から離れた場所までジラを引っぱった。「すわるんだ。話は長くなるかもしれない。これほどわけのわからないことをくどくど聞かされたのは、人生ではじめてだ」両手をジラの肩にのせて、無理やり地面にひざをつかせ、自分もとなりにひざまずいた。「いいか、ひとつずつ確認していって、きみの頭に正しい理解をたたきこんでやるからな。そうでもしないと、こっちの頭がいかれちまう。まずひとつめだが、引きとめたのはおとりのためだとなぜ思うんだ？　ほかに理由があるとは考えられなかったのか？」

「ほかに理由なんてあるはずないじゃない」ジラはあてもなくダニエルの肩の先を見つめて

いた。「とても賢いやりかただったわ。クランシーも喜んでいるでしょうね」

「念のため教えてやるが、きみをここに引きとめたことで、クランシーはおれをケツから吊るしてやると脅してきた」

「あなたの計画に賛成してなかったの」ジラは気のない返答をした。「でも、これで彼のほうがまちがっていたと証明できたわけね」

「計画もくそもない」声にも表情にもいらだちがあふれていた。「できうるかぎり、きみをそばに引きとめておきたいと思っただけだ」

「気を使ってくれなくていいのよ。わたしに友情以外のなんの感情も持っていないことは、わかってるから。ここにいるあいだはいつもとても優しいお兄さんみたいな存在で、それ以上でもそれ以下でもなかった」つらくて口もとに力がはいった。「ゆうべ、わたしが無理やり迫るまでね」

「ふたりのうち、どっちかが気がおかしくなっているようだ」ダニエルは驚いた顔をした。

「とにかく、おれを見ろよ。そっちの二倍の大きさと体重がある。なのに、おれを押さえつけて無理におそったような口ぶりじゃないか。おれは必死にもがいて逃れようとしていたか？」

ジラは悲しく首をふった。「とても親切だった。ずっと親切で——」

「親切だと!」ダニエルはうなるような声を出した。「きみはどこに目をつけてるんだ。ゆうべはきみと愛しあって、すっかりのぼせきっていた。きみを見ただけで興奮した。この十日間、欲望にうずききってたからな」

おずおずと目を見ひらいた。「それはほんとうなの? だったら、どうしていつもあんなふうに……」

「熱でうかされているときに、怪物でも見るような目でおれのことを見たからだ。あれには心の底からぞっとした」ダニエルは苦い記憶に、口を横に結んだ。「二度とあんな目で見られるようなことをしたくなかった。つらすぎて、とても耐えられない」

「わたしに同情したのね」ジラはささやいた。

怒気をふくんだ息が吐きだされた。「よし、わかったよ。同情の問題について話しあおう。同情されていると思うと、どうにも平静じゃいられないようだな。そのとおりさ。おれは同情してる」

「だとしても、もうその必要はないから」ジラは顔を高くあげた。「あなたが洞窟でいやがったように、わたしも哀れみはいらない」

「いらないと言われても、すぐにやめられるものじゃない。事実は事実だ。きみの身にふりかかったことを聞いたときには、心臓が張り裂けそうになった。殺人さえ厭わない気になったよ。それから、きみをかかえあげて、ガラスケースにしまいたいと思った。だれにも二度と傷つけられないように」手でジラの肩をぎゅっとつかんだ。「いや、ガラスケースじゃない。できることなら、きみのために真新しい世界を用意してやりたかった。明るい太陽と花だけがあふれてる世界だ。子どもたちは痛みも飢えも知らず、きみのようにゆがんだ恐怖にさらされることもない」ジラの目を見つめるダニエルの瞳には光るものがあった。「でも、そんなことはできない。きみがしたように、おれもいまある世界を受け入れるしかないんだ。できるのは、がんばってきみを大切に守ることだけだ。今日と明日が、すばらしい日になるよう努力するだけだ」ダニエルは首をふった。「だが、同情するなとは言わないでくれ。少なくとも、少女時代のきみに対しては」

「その話はもうやめて！」ふたたび涙が頬をこぼれた。「同情なんてほしくない。あなたに求めてたのは、そんなことじゃなかったのに」

ダニエルは動きを止めた。「なんのことだ、ジラ？」

「いいの」肩におかれた手をふりはらおうとした。「もう、これ以上話したくない。お願い、はなしてダニエル」

ダニエルは手に力をいれて、抵抗するジラを押さえつけた。「おれに求めていたこととは、なんだったんだ？」

「愛してほしかったのよ」ジラは堰《せき》を切ったように言い放った。「ばかみたいでしょう? 同情なんかじゃなくて、愛がほしかったの」

ダニエルの顔に驚きがうかんだ。「なにを言っているんだ、ジラ。もちろん愛しているさ。でなければ、いったいなぜ、こんなことをしてると思うんだ」

「友達として大事に思ってくれているのはわかってるわ」ジラはかすれた声でこたえた。

「でもそれだけじゃいやなの。友達で満足しようと思った。でも、それじゃ足りないの」

「まいったな。なんてわからないやつなんだ」肩にあった手があがって、ジラの顔をつつみこんだ。怒りの表情はすっかり消えて、ジラの心をかき乱すほどの、繊細で優しい顔つきになった。「しっかりと聞くんだ。おれは友として、恋人として、まだ見ぬ子どもの母として、きみに愛をそそいでいくつもりだ。雨の日も、嵐の日も、晴れの日も。平安のときも、争いのときも、それ以外のどんなときも、ずっと愛しつづけると誓うよ。大昔からきみに愛を感じてきた気がするが、この先は永遠を超えて愛を貫いていきたいと思っている」ダニエルは優しく微笑んだ。「これでわかったかい、ジラ」

ジラは涙でかすんだ揺れる瞳で見つめかえした。「ほんとうに?」

「ほんとうだ」ダニエルは弱々しく首をふった。「愛さずにいられるか。きみは男の理想そのものだよ。どうしてそんなにしつこく疑うのか、理解できない。きみはすばらしい女だよ、ジラ・ダバラ」

　金色に輝く喜びがジラの胸のなかにじわじわとひろがっていった。ダニエルはわたしを愛している。うれしすぎて嘘のようだった。それでも、こんな眼差しで見つめられたら、信じずにはいられない。「自分でもわかってるわ」ジラはおずおずと笑った。「ただ、たまに忘れてしまうことがあるの」

「なぜだ？」ダニエルが真摯な顔で聞いた。「なぜ忘れるんだ、ジラ？」

　ジラは唇を噛んだ。「たぶん、自分の身に起こったことのせいでしょうね」肩をすくめた。「精神科の先生がいろいろと気休めを言ってくれるけど、どうしても自分が汚れていると感じるときがあるの」ひと息おいてつけくわえた。「それに罪悪感を」

「罪悪感？」ダニエルが驚きの顔で聞き返した。「きみは被害者だろうが。極悪非道の犯罪に巻きこまれた、無実の被害者だ。撃たれたり刺されたりした人間が、罪悪感をおぼえたりするか？」

　ジラはすこし悲しげに笑った。「でも、その犯罪の本質的なところに、罪の意識をおぼえさせるものがあるのよ。理不尽なのはわかってる。世間の態度のせいか、女が〝辱《はずかし》めよりは死〟を選んだ古い時代の名残りが自分のなかにあるのか、どっちかは知らないけど」真剣な顔でダニエルを見あげた。「わたしを愛してると言ったけど、〈黄色い扉の館〉に半年つながれていたより、撃たれて怪我をしたほうがましだったと思わないって、心の底から言える?」

「もちろんだ」ダニエルは言葉を探しているように、しばらく黙っていた。「いや、それは正しくないな」ジラは殴られたようにはっと息を呑んだ。「たのむからそんな目で見るなよ。きみの過去を恥に思うと言いたかったわけじゃない。銃で撃たれていれば、こんなふうにいつまでも膿を残すような傷を負うことはなかった、と言いたかったんだ。きみにとっては、そのほうがまだつらくなかっただろうからね。いわゆる汚《けが》れってやつについて言ったつもりはない」

「そう思うんだとしたら、あなたはふつうの人とはちがうわ、ダニエル」ジラは首をふった。「ほとんどの人はべつの考えを持ってるという事実を、わたしはこれまで受け入れるしかなかった」

「そういうのは愚かな連中だ」ダニエルは乱暴に言い捨てた。「そんなやつらを気にするとしたら、きみも愚か者のひとりだよ」つきはなす言葉とは裏腹のダニエルの美しいキス。ジラの心にふたたび喜びが芽生え、大きくふくらんでいく。ダニエルの言葉をそのまま受け入れられそうだった。ダニエルは頭をあげ、つぎに口をひらいたときには声から荒々しさが消えていた。その深みのある揺れる声には、まぎれもない真実の響きがあった。「きみが負った傷そのものは憎んでも、それ以外の過去を忌み嫌う理由があるか？　そうした経験も、いまのきみをつくったもののうちのひとつだ。教えてやろう。あんな過去を経ずに成長したとしても、おれがきみを愛したのはまちがいない。でも、これほど愛したかは、どういうわけか自信が持てない。その経験があってこそ、きみはいっそう強くなれたし、人としての深みも知恵もついた。傷を負ったかもしれないが、おかげで他人の痛みにより優しく、思いやり深くなった」すこしのあいだ言葉につまってから、ダニエルは先をつづけた。「ケシの花についておれに語っただろう。あの花が害悪や苦しみをもたらすということを、事実として受け入れるのを学んだと言っていたね」

ジラはゆっくりとうなずいた。

「きみはそのケシみたいなものだよ、ジラ。暗い過去を経て、嵐のような風にも負けない強さを身につけた。おかげでいっそうまぶしい美しい花を咲かせられるんだ」

ジラは胸がいっぱいになって、一瞬、言葉が出なかった。ダニエルは自分はデイヴィッド・ブラッドフォードとはちがうと言っていたけれど、いまはふたりが重なって見える。人生でふたりもそういう人物に恵まれるなんて、わたしはどれだけ幸運なのだろう。「ほんとに愛してくれてるのね」声にわずかに疑念がにじんだ。ダニエルのしかめた顔を見て、ジラはすぐに手をあげて歯を見せて笑った。「ごめんなさい。あなたの言うとおりよ。わたしは最高にすばらしい女です。このいびつな世界のなかで、だれからも愛される資格のある人間よ」それから声を落としてささやいた。「ああ、でも、すごくうれしい。そのなかでもあなたに愛されているんだから。そう言っていいんでしょう?」

「きみがおなじように宣言してくれるならね」ぶっきらぼうに言った。「こっちにも自信のないところがあってね」

ジラは申し訳なさそうな顔をつくった。「ほんと、言ってなかったわ。でもわかってたでしょう。ゆうべは、わたしは自分をまるごと捧げたようなものなんだから」

「恋に落ちていなくとも、おれのこの魅力的な肉体を求めてやまない女もいるからな」深い青色の瞳がきらめいた。「ただし、多くはないよ。五本の指で——」

ジラが腕にとびこんだので、ダニエルの言葉がとぎれた。「すごく愛してる。「愛してるわ」ジラはダニエルの息を奪うほど、力強く腕で抱きしめた。「こんなふうにだれかを愛せるようになるとは、自分でも思ってもいなかったの、ダニエル。飛行機のなかであのおかしな作りものの耳を引きちぎってハサンに投げつけたときから、ずっと愛してた」ジラは夢中になってキスをあびせ、首すじに、ひげのある頬に、左右の耳に唇をすりつけた。「あなたがプラトニックを貫いていたとき、こんな状況には耐えられないって思うこともあった。もちろん、楽しくなかったわけじゃないけど……」

「わかった、わかったよ」ダニエルは笑って言ったが、ジラを自分から引きはなした彼の目にはまだいぶかしそうな表情がうかんでいた。「告白するときは、一気にいくんだな」ジラの鼻のてっぺんに唇をつけた。「それに、おれはうまくプラトニックをやりとげていたとみえる。きみを安全な台の上にあげて、ベッドに連れこまないよう我慢するのに、地獄の火であぶられるほどの苦悩をあじわっていたわりにはね」

「安全な台だなんて」ジラの笑顔がすこし薄れた。「わたしたちのあいだには、ものすごく大きなコミュニケーションの断絶があったみたいね」急に考えこむような顔をした。「わたしには、さっき言っていたようなガラスのケースは必要ないわ、ダニエル。雨で溶けたりもしないし、多少手荒にあつかったくらいじゃ壊れることもない。きみは強いって、ずいぶん美しいお世辞を言ってくれたけど、本心からそれを信じているわけじゃないみたいね。わたしは何年ものあいだ、ほんの風が吹いただけで飛ばされてしまうような、か弱い存在として面倒をみられてきたの。もちろん、なにもかもわたしのためを思ってしてくれていたことだし、たぶん、最初のうちはそれが必要だったんだと思う」ジラは首をふった。「でも、いまはちがうの。あの洞窟の晩に乱暴で身勝手なことをしたと思って、あなたは自分を責めてきたでしょう」ふるえる指でダニエルの唇をさわった。「でも、わたしがあの夜の出来事をすごく大切に胸に刻んでいることに気づかない？　あなたは強くて真実そのもので、それなのにわたしのことを必要としてくれたの。あの晩、あなたはなにも奪ってないわ。わたしが捧げたの。それはすばらしい体験だった。ずっと捧げつづけたい」ジラの話す声はほとんどささやくようになった。「お願いだから、太陽と花の世界にわたしを閉じこめたりしないで。この現実の世界で生きたいの。だって、そこがあなたの住む世界だから。どんなに美しい世界でも、あなたがいなければ、きっとわたし、生きてはいけない」

「この現実の世界で」ダニエルはかすれる声で応じた。「ずっといっしょに生きていこう。だがあまり気前よくおれに与えすぎないほうがいいぞ、ジラ。おれの欲は限度を知らないかもしれないからな。これほどだれかを求めるのは、はじめてのことだ。だからどう対処していいのか、自分でもわからない」

ジラはダニエルの頭を引きよせて愛情をこめて優しくキスをした。「わたしがなんとかする――」言葉を呑んで、首をふった。「ちがう、ふたりでなんとかするの。力を合わせて」そう言って、にっこりと笑いかけた。それはまさにダニエルが愛してやまない夏の微笑みだった。知恵にあふれ、あたたかで、喜びと恵みの未来を甘く予感させる。

一陣の風が吹きぬけた。すがすがしい風はふたりの頬をそっとなでて、ケシの花と野の草のかぐわしい香りを運び……そして闇のなかから、朝日の輝く新しい世界が誕生した。

訳者あとがき

アメリカ発のプライベートジェットがハイジャックされ、飛行機は中東の砂漠のどまんなかに着陸しました。機内にいる犯人はふたり。当然、機関銃などの武器を持っています。もし、あなたがそこで人質にされているとしたら、どんな男性に助けにきてほしいと思いますか？　危険をものともしない、どこまでもタフでワイルドな頼りがいのある男？　それとも頭脳戦でまんまと敵をあざむき、スマートな解決をめざす知性派の男？　あなたを大切に思うあまり、自分の非力を忘れてがむしゃらに突入しようとする愛すべき男？

どの男性もそれぞれ魅力的だと思いますが、『ふるえる砂漠の夜に（原題*A Summer Smile*）』に登場するのは、タフでワイルドなヒーローです。濃いブルーの瞳。精悍《せいかん》でたくましく、パワフルでセクシー。そして無骨な荒くれ者だけれど、正直で笑顔が優しくて——。そんな人に助けられたら、頼りきってどっぷりと甘えてしまいそうですが、ヒロインのジラはちがいました。極力、自力で切り抜けようとがんばるのです。そうしたジラの気丈な態度のうらには、彼女が十代のころに経験した、ある驚くべき出来事がありました。

さて、本作の舞台となるのは、〝セディカーン〟というアラブを思わせる架空の国で、ジョハンセンはこの土地にゆかりのあるストーリーを、ほかにいくつも書いています。

セディカーンはアレックス・ベン＝ラーシドを元首とする、中東の絶対君主国。けれども国内にはほかにも首長《シーク》が複数いて、それぞれの領地を治めています。実在しない国なので正確なところはわかりませんが、アラブ首長国連邦のようなイメージの国と考えればいいでしょうか。

たとえば、ジラが育った〝マラセフ〟は、ほかの作品の描写によると、高層ビルが建ちならび、最新の車が行き交う近代的な大都会で、通りを歩く人々も西洋風の服装をしています。なんでも、石油がふんだんに採れるために国の財政は大変豊かで、国民一人あたりの収入は世界でも一、二を争うとか。

けれども、ひとたび街を出ると、ビル群はアーチ窓の連なる平屋根の四角い建物にかわり、さらにそうした人の住むエリアの外には、広大な砂漠や丘陵地帯といった、荒涼とした土地がひろがっています。

それから、もうひとつ〝ザランダン〟という地名が出てきますが、ここは城壁にかこまれた異国情緒あふれる町です。前君主のカリム・ベン=ラーシドの住む御殿がおかれているということなので、おそらく、ベン=ラーシド一族とゆかりの深い古都なのではないでしょうか。ジラの母はその御殿で家政の一切を監督する女中頭として働きながら、ジラの無事の到着を待っています。

ところで、セディカーンを舞台にしたジョハンセンの作品群は、まとめて便宜的にセディカーン・シリーズと呼ばれることがありますが、シリーズといっても完全なつづきものではなく、ある作品の脇役を主人公にすえたスピンオフ作品から、時代をぐっと過去へさかのぼったもの、セディカーンがほとんど登場せず、舞台をアメリカに設定したものなど、さまざまです。けれども、複数の作品を読んでみると、なにかしらのつながりがあるので、隙間がうまっていく快感に、読むのが止まらなくなるかもしれません。

同シリーズとしては、『黄金の翼』がすでに出ていることは、ジョハンセン・ファンの読者ならご存知かもしれませんが、このあとは、『*The Golden Valkyrie*』、『*Capture The Rainbow*』といった作品の翻訳が予定されてることを、この場を借りてお伝えしておきましょう。『*The Golden Valkyrie*』では、今回は名前のみの登場だったシーク・アレックス・ベン=ラーシドの王子時代を垣間見ることができ、『*Capture The Rainbow*』では、本作でブラッドフォードの妻として出てきた歌手のビリーがいい味を出しています。読めば読むほど、セディカーンという国や、登場する人物たちの姿や人間関係が立体的に見えてくるはずです。今後の作品、そして彼らのロマンスをどうぞお楽しみに！

二〇〇九年八月

ザ・ミステリ・コレクション

ふるえる砂漠《さばく》の夜《よる》に

著者　アイリス・ジョハンセン
訳者　坂本《さかもと》あおい

発行所　株式会社 二見書房
東京都千代田区三崎町2-18-11
電話　03(3515)2311 [営業]
03(3515)2313 [編集]
振替　00170-4-2639

印刷　株式会社 堀内印刷所
製本　株式会社 関川製本所

落丁・乱丁本はお取り替えいたします。
定価は、カバーに表示してあります。

ISBN978-4-576-09120-4
http://www.futami.co.jp/

黄金の翼

アイリス・ジョハンセン
酒井裕美［訳］

バルカン半島小国の国王の姪として生まれた少女テスは、ある日砂漠の国セディカーンの族長ガレンに命を救われる。運命の出会いを果たしたふたりを待ち受ける結末とは…？

風のペガサス（上・下）

アイリス・ジョハンセン
大倉貴子［訳］
【ウインド・ダンサー 三部作】

美しい農園を営むケイトリンの事業に投資話が…。それを境に彼女はウインドダンサーと呼ばれる伝説の美術品をめぐる死と陰謀の渦に巻き込まれていく！

女神たちの嵐（上・下）

アイリス・ジョハンセン
酒井裕美［訳］
【ウインド・ダンサー 三部作】

少女たちは見た。血と狂気と憎悪、そして残された真実を…。十八世紀末、激動のフランス革命を舞台に、幻の至宝をめぐる謀略と壮大な愛のドラマが始まる。

風の踊り子

アイリス・ジョハンセン
酒井裕美［訳］
【ウインド・ダンサー 三部作】

十六世紀イタリア。奴隷の娘サンチアは、粗暴な豪族、リオンに身を売られる。彼が命じたのは、幻の彫像ウインドダンサー奪取のための鍵を盗むことだった。

いま炎のように

アイリス・ジョハンセン
阿尾正子［訳］

ミシシッピ流域でロシア青年貴族と奔放な19歳の美少女によってくり広げられる殺人の謎をめぐるロマンスの旅路。全米の女性が夢中になったディレイニィ・シリーズ刊行！

氷の宮殿

アイリス・ジョハンセン
阿尾正子［訳］

公爵ニコラスとの愛の結晶を宿したシルヴァー。だが、白夜の都サンクトペテルブルクで誰も予想しえなかった悲運が彼女を襲う。恋愛と陰謀渦巻くディレイニィ・シリーズ続刊

二見文庫 ザ・ミステリ・コレクション

眠れぬ楽園
アイリス・ジョハンセン
林 啓恵［訳］

男は復讐に、そして女は決死の攻防に身を焦がした…美しき楽園ハワイから遙かイングランド、革命後のパリへ！十九世紀初頭、海を越え燃える宿命の愛！

女王の娘
アイリス・ジョハンセン
葉月陽子［訳］

スコットランド女王の隠し子と囁かれるケイトは、一年限りの愛のない結婚のため、見果てぬ地へと人生を賭けた旅に出る。だがそこには驚愕の運命が！

嵐の丘での誓い
アイリス・ジョハンセン
青山陽子［訳］

華やかなハリウッドで運命的に出会った駆けだしの女優と映画プロデューサー。亡き姉の子どもを守るためふたりは結婚の約束を交わすが…。感動のロマンス！

新版 スワンの怒り
アイリス・ジョハンセン
池田真紀子［訳］

銀行家の妻ネルの人生は、愛娘と夫の殺害により一変した。整形手術で白鳥のごとき美女に生まれ変わり、犯人への復讐を誓う。全米を魅了したロマンティック・サスペンス新装版

誘惑のトレモロ
アイリス・ジョハンセン
坂本あおい［訳］

若き天才作曲家に見いだされ、スターの座と恋人を同時に手に入れたミュージカル女優・デイジー。だが知られざる男の悲しい過去が、二人の愛に影を落としはじめて……

爆　風
アイリス・ジョハンセン
池田真紀子［訳］

ほろ苦い再会がもたらした一件の捜索依頼。それは後戻りのできない愛と死を賭けた壮絶なゲームの始まりだった。捜索救助隊員サラと相棒犬の活躍。

二見文庫　ザ・ミステリ・コレクション

ひとときの永遠
スーザン・クランダル
清水寛子[訳]

女性保安官リーは、30歳を前にして恋人もいない堅物。ところが、ある夜出会った流れ者の男にどうしようもなく惹かれていく。やがて、男は誘拐犯だという噂が立ち……

愛に揺れるまなざし
スーザン・クランダル
清水寛子[訳]

ケンタッキー州の田舎で義弟妹の面倒を見ながら、写真家として世界を飛び回ることを夢見るキャロライン。心惹かれる男性と出会い、揺れ動く彼女にさらなる試練が…

これが愛というのなら
カーリン・タブキ
米山裕子[訳]

新米捜査官フィルは、連続女性行方不明事件を解決すべく、ストリップクラブに潜入する。事件を追うごとに自らも、倒錯のめくるめく世界に引きこまれていき…

黒き戦士の恋人
J・R・ウォード
安原和見[訳]

NY郊外の地方新聞社に勤める女性記者ベスは、謎の男ラスに出生の秘密を告げられ、運命が一変する！ 読みだしたら止まらない全米ナンバーワンのパラノーマル・ロマンス

永遠の時の恋人
J・R・ウォード
安原和見[訳]

レイジは人間の女性メアリをひと目見て恋の虜に。戦士としての忠誠か愛しき者への献身か。人間とヴァンパイアの壁をふたりは乗り超えられるのか？ シリーズ第二弾！

危険すぎる恋人
リサ・マリー・ライス
林啓恵[訳]

雪嵐が吹きすさぶクリスマス・イブの日、書店を訪れたジャックをひと目見て恋に落ちるキャロライン。だがふたりは巨額なダイヤの行方を探る謎の男に追われはじめる……。

あなただけ見つめて

スーザン・エリザベス・フィリップス〔シカゴスターズシリーズ〕
宮崎 槇［訳］

父の遺言でアメフトチームのオーナーになったフィービーは、ヘッドコーチのダンと熱く激しい恋に落ちてゆく。しかし、勝ち続けるチームと彼女の前には悪辣な罠が…

あの夢の果てに

スーザン・エリザベス・フィリップス〔シカゴスターズシリーズ〕
宮崎 槇［訳］

元伝道師の未亡人レイチェルは幼い息子との旅路の果てに、妻子を交通事故で亡くしたゲイブに出会う。過酷な人生を歩んできた二人にやがて愛が芽生え…

湖に映る影

スーザン・エリザベス・フィリップス〔シカゴスターズシリーズ〕
宮崎 槇［訳］

湖畔を舞台に、新進童話作家モリーとアメリカン・フットボールのスター選手ケヴィンとのユーモアあふれる恋の駆け引き。迷い込んだふたりの恋の行方は？

まだ見ぬ恋人

スーザン・エリザベス・フィリップス〔シカゴスターズシリーズ〕
宮崎 槇［訳］

VIP専用の結婚相談所を始めたアナベルの最初の依頼人はアメフトの大物代理人ヒース。彼に相手を紹介していくうちに、ふたりはたがいに惹かれあうようになるが…

いつか見た夢を

スーザン・エリザベス・フィリップス〔シカゴスターズシリーズ〕
宮崎 槇［訳］

休暇中のアメフトスター選手ディーンは、ひょんなことから画家のブルーとひと夏を過ごすことになる。東テネシーを舞台に描かれる、切なく爽やかな傑作ラブロマンス！

ファースト・レディ

スーザン・エリザベス・フィリップス
宮崎 槇［訳］

未亡人と呼ぶには若すぎる憂いを秘めた瞳のニーリーが逃避の旅の途中で逞しく謎めいた男と出会ったとき…ＲＩＴＡ賞（米国ロマンス作家協会賞）受賞作！

そのドアの向こうで
シャノン・マッケナ
中西和美［訳］
〔マクラウド兄弟シリーズ〕
亡き父のため十一年前の謎の真相究明を誓う女と、最愛の弟を殺されすべてを捨て去った男。復讐という名の赤い糸が激しくも狂おしい愛を呼ぶ…衝撃の話題作！

影のなかの恋人
シャノン・マッケナ
中西和美［訳］
〔マクラウド兄弟シリーズ〕
サディスティックな殺人者が演じる、狂った恋のキューピッド。愛する者を守るため、燃え尽きた元FBI捜査官コナーは危険な賭に出る！　絶賛ラブサスペンス

運命に導かれて
シャノン・マッケナ
中西和美［訳］
〔マクラウド兄弟シリーズ〕
殺人の濡れ衣をきせられ、過去を捨てたマーゴットは、彼女に惚れ、力になろうとする私立探偵デイビーと激しい愛に溺れる。しかしそれをじっと見つめる狂気の眼が…

真夜中を過ぎても
シャノン・マッケナ
松井里弥［訳］
〔マクラウド兄弟シリーズ〕
十五年ぶりに帰郷したリヴの書店が何者かによって放火されそのうえ車に時限爆弾が。執拗に命を狙う犯人の目的は？　彼女の身を守るためショーンは謎の男との戦いを誓う！

夜の扉を
シャノン・マッケナ
松井里弥［訳］
美術館に特別展示された〈海賊の財宝〉をめぐる陰謀に巻き込まれた男と女。危険のなかで熱く燃えあがるふたりを描くホットなロマンティック・サスペンス！

夜明けを待ちながら
シャノン・マッケナ
石原未奈子［訳］
叔父の謎の死の真相を探るために、十七年ぶりに帰郷したサイモンは、初恋の相手エルと再会を果たすが…。忌わしい過去と現在が交錯するエロティック・ミステリ！